メディアワークス文庫

この世界からまた君がいなくなる夜に

葉月 文

目　次

ただ一度のキスもなく、写真の一枚すら撮らない恋だった。

抱きしめられた温《ぬく》もりも、好きだと告げてくれた声も、わたしを見つけて弧を描く唇、絡めた指の硬さ、チラチラと足元で揺れていた二つの影、あるいは紡いだ時間すら、その全てを偽物だと断じる人だっているのかもしれない。

なにせ、永久の別れを迎えようとしている今でも、彼の素顔さえ知らないままだし。

それでも、わたしは二人の想《おも》いを信じている。

ううん、信じられる。

だって、出会った頃からちっとも変わらなかった音がこんなにも強く響いているから。

ドクンドクン、と歌っているから。

——それはきっと、この星で最初に生まれたラブソング。

プロローグ　眠り姫の想い人

「六華《りっか》はさ、好きな男の子とかいないの？」

小学生活も高学年になると、そういう色恋の話題が友達との会話の中で自然と浮かび上がるようになった。

それでもまだ、あの頃はよかった。

適当な返事をしていれば、のらりくらりと躱《かわ》すことができたから。

そういえば、という無敵の枕詞《まくらことば》の後に流行《はや》っているアニメの最新話を接ぎ穂に語り続ければすぐに話題は移ろった。風の強い日の雲のよう。流れ、変化し、やがて原型すらわからなくなって最後に霧散していく。

ただ、中学校へと進学し、異性と付き合う子たちの話がちらほら耳に入ってくるようになったあたりから、事情が変わった。色恋が常に会話の中心に居座り、スーパーでお菓子を強請《ねだ》る子供のように頑《かたく》なに動かなくなってしまったのだ。

わたしは自己主張の強いタイプではないので、そうなってしまうとお手上げだった。

二組の拓海《たくみ》くんと五組の摩耶《まや》ちゃんが付き合い始めたとか。学年で一番大人っぽい遠《とお》見《み》さんの彼氏は大学生で、もう初体験は済んでいるんだとか。そういうちょっとしたゴシップみたいなものから、サッカー部の浩介《こうすけ》くんが球技大会で活躍して、今、女子の間で人気が急上昇中なんてどうでもいいものまで。

友人たちは机を囲み嬉々《きき》として話すけれど、わたしはいまいち乗り切れない。

おかしいのはわたしの方なんだろう。

自覚している。

そう、わたしはおかしい。

小学一年生の冬に一度死にかけてから、わたしの感覚は普通じゃないものへと変質してしまっていた。中学二年生になった今でも初恋というものを経験していないことへの免罪符に、果たしてそれはなっているのか、いないのか。

どうにも置いてけぼりにされた気分だけはあるけれど。

早い子たちは、キスをしたり、男の子を受け入れたりしているっていうのに。それでもきちんと色恋の話題に対し、愛想笑いを浮かべたり、適当なタイミングで相槌《あいづち》を打つ自分もいた。女の子のコミュニティに所属し続けている内に身につけた処世術。

これを怠ると、あっという間に孤立してしまう。

一芸に秀でているわけじゃなく、孤独に耐える強さもないわたしは、そうやって教室に漂う空気をきちんと捕まえ、自分の席を確保しなくてはいけない。

「好きな男の子？　そうだね、今はいないかな」

そんな風に、質問の答えを返した。

本当の中に、一滴の嘘《うそ》を混ぜて。

今は、ではない。

今の今までずっと、が正しい。

「じゃあさ、気になってる子とかは？」

「どうかな」

「誤魔化さないでさー、言えってー」

京香《きょうか》ちゃんのいつもの口調、いつものからかい調子。

それに周りの何人かが追随していく。

吐けー、しゃべっちゃえ、と囃《はや》し立《た》てている。

不意に、その言葉の裏に奇妙な手触りを感じていた。注意深く観察しなければ気付かない程度の、けれど一度気付いてしまうと、ずっと気になってしまう類《たぐい》の小さな痛み。

ああ、まるで指に刺さった棘《とげ》のようではないか。

きちんと抜かないと、細菌が入って破傷風になってしまうかも。もちろん、なにかの拍子にぽろりと外れることもあるんだろうけど、それは期待すべきじゃない。

「今日はどうしたの？　やけにしつこくない？」

素直な疑問を口にすると、友人たちは一様に唇を真一文字に縫いつけていた。

一方、わたしは首を傾《かし》げ続けるだけ。

違和感の正体については、チャイムが鳴ってお開きになった後、一番仲のいい友人である奈月《なつき》ちゃんが、帰り道で二人になってからこっそり教えてくれた。

サッカー部に所属しているという件《くだん》の浩介くんが、わたしのことを可愛《かわい》いと言ったとか言ってないとかいう真偽不明な噂《うわさ》が昼休みに流れたんだそう。そして、わたしの友人の何人かは、球技大会で浩介くんが魅せた華麗なドリブルにすっかり参っていたらしい。

つまりは、そういうこと。

牽制《けんせい》と嫉妬。

ああ、下手に浩介くんの名前を出さなくてよかったな。わたしは自覚なく、薄氷の上を歩いていたことを知ってほっとする。選択を間違えれば、あっけなく体を支える氷は割れて、わたしは深く暗く冷たい場所へ、一人きりで落ちていくだけだっただろう。

そういう類の友情があることを、十年近い学校生活の中で自然と学んでいた。

「六華にとっては災難かもしれないけどさ、あの子たちにとっては一大事なわけ。許してあげて。根はそんなに悪いわけじゃないから」

「別に怒ったりはしてないけど。わけがわからなかっただけだよ。でも、そっか。そういうことだったたか。ねえ、奈月ちゃん」

「んー？　なに？」

小さな坂をのぼり、河川敷《かせんじき》へと出る。

途端、オレンジ色に染まった風が、さあっと口笛のように歌い走っていった。冬の空気はピリッとしていて、肌を切るみたいでちょっと痛かった。鋭いというか。そのくせ、はためく制服のスカートは柔らかく、なびく髪は優しく揺れている。

並んでいるわたしと奈月ちゃんの黒い影。

日が傾いたせいで真っ黒に塗り潰されたわたしたちの足は、随分と長い。これだと、十六頭身くらいに見えるだろう。モデル体型を超えて、逆にバランスが悪い。

わたしの隣で、奈月ちゃんは夜を編み込んだみたいに綺麗《きれい》に伸ばした髪を手で押さえていた。とても優しい手つきだった。どこか、雪の欠片《かけら》に触れる時の強さに似ている。わたしには決して同じようにはできないだろう。どうしたって、いくらか粗暴になってしまう。根本的に雑なんだ、わたしは。

遠見さんほどではないけれど、奈月ちゃんも同級生と比べると断然大人っぽい。ブラジャーをつけたのは、学年で一番早かったんじゃないかな。男の子と付き合い始めたのも。キスはどうだろう。遠見さんと一緒くらいかもしれない。

ただ、奈月ちゃんはまだ、わたしと同じ子供の女の子だ。

女ではない。

焦るつもりはないんだって。そういうのは、もう少しだけ大人になってからがいいらしい。我慢させてるのはね、わかってるの。時々、彼がそういう雰囲気を纏《まと》うことがあるもの。男の顔っていうかさ。いや、獣だな、あれは獣だ。うん。だけど、いざ受け入れようとしてもやっぱり怖くて。いつも途中で無理ってなって泣いちゃうの。だからあたしの心の準備が整うまで待ってもらうことにした。あと半年か、一年か。そのくらいかな。もう少しだけあたしは子供のままでいるんだ。

いつだったか、彼女にしては妙に子供っぽい表情を浮かべ、奈月ちゃんはそんなことを言っていた。

「彼氏さんのこと、好きって気付いたのはいつだった？」

「へえ、珍しい。六華の方からそういう話題を振ってくるなんて」

「わたしだって、一応中学生だもの。普通じゃない？」

「そうだね。やっぱり中学生になると、そういうことに興味を持つ子が多くなるよね。ただ六華はさ、みんなで話してる時なんかでも積極的に輪に入ろうとはしてこなかったでしょう。てっきり男の子とか恋なんかにはまだ興味がないものだと思ってた」

「正直、ものすごく興味があるわけじゃない、かな」

「やっぱり」

「でも、ちょっと気になったりする時もあるんだ。恋ってどんな感じかなって。どんな時に気付くものなのかなって」

「もちろん、人それぞれだと思うよ。数学の問題みたいに明確な答えはないんだ。だから、これはあたしの場合の話だけど。それでいい？」

「うん」

「あたしは、夢に見た時だったな」

「夢？」

「そう。寝る時に見る夢。世界にあたしと彼と二人きりだったの。そんな世界でもいいなって自然に思えたんだ。彼と二人なら、まあ、他になにもなくても悪くないなって。ああ、誰かを好きになるってこういうことなのか、って妙に納得して目覚めた朝、あたしはすっかり恋の穴に落ちていた」

沈む太陽に目を眇《すが》めながら、奈月ちゃんはそう言った。

いつしか、冬の風は彼方《かなた》へと走っていってしまっていた。

鮮烈な眩《まぶ》しさだけが残った。

本当なら奈月ちゃんの輪郭は今、太陽と同じ黄金に縁どられているべきだ。けれど、わたしの目には彼女の輪郭は濃い青に発光して見えた。

いつか、奈月ちゃんは彼女の望むタイミングで望む大人になるのだろう。きっと、なれるはずだ。不慮の事故なんかに気をつければ、奈月ちゃんがあと半年や一年で死んでしまうことは絶対にない。

死を感じ取るわたしの瞳に、確かにそう映っているから。

「参考になった？」

命の青を身に纏った奈月ちゃんが首を傾げた。

わたしは、ありがとうと答えた。

これで完全に恋の話はおしまい。

足元に落ちていた石を蹴ると、少し前に転がっていった。ルートがやや逸《そ》れて、奈月ちゃんの前へ。今度は彼女がこつんと蹴る。もっとルートが逸れて、石は草むらに紛れて見えなくなってしまった。なにも可笑《おか》しいことなんてないのに、二人で顔を見合わせ、えへへへと笑った。

真面目な話をしたせいかな。

いろんなことを誤魔化す為《ため》に笑ったんだ。奈月ちゃんの瞳の奥にある輝きが、なんだか恥ずかしいね、と雄弁に語っていた。そうだね、恋の話だものね。むずがゆいよ。

いつものように、そういえば、の枕詞で話題を変える。

「今晩、大雪が降るって」

「積もったら困るな」

奈月ちゃんが端整な顔をしかめた。

「どうして？」

「明日、学校にいくのが大変になるじゃない」

「でも、わたしは雪って嫌いじゃないよ」

「ねえ、たくさん積もったらみんなで雪だるまでも作る？」

「あ、いい。それいいね。すごくいい」

肺の奥から吐き出した声が、世界より一足早く白に染まった。

多分、帰り道にあんな会話をしたから、今、わたしはこんな夢を見ているのだろう。

そう、夢だ。夢だとわかる。

わたしの両手の届く範囲、目で見える距離、歩いていける区域を世界と仮定するのなら、今、この世界にはわたしを含めたった二人しかいない。

奈月ちゃんが教えてくれたものに近い夢だ。

しかしわたしの夢の同伴者は、知り合いでも、話題に出た浩介くんでもなくて、記憶にない見知らぬ男の子だった。誰の目から見ても格好いいってタイプじゃない。どこにでもいるような、だけど真面目そうで誠実そうで優しそうな顔と雰囲気の男の子。

わたしはそんな男の子と二人で、ガタンゴトンと鼓動のように揺れる電車に乗って、窓の外に視線を送っていた。そこには上も下も、囲う世界の全てに夜空が広がっていた。

何千、何万という光の輝き。星の海。

彼はわたしの隣に座りただ微笑《ほほえ》むだけで、なにも話してはくれなかった。

わたしもまた、なにも口にしなかった。

不思議と沈黙は気にならなかった。特別なことがあったわけじゃない。ああ、本当にその通りだ。全然、特別なんかじゃない。

わたしたちは、ただ二人並んで、黙って、電車に揺られていただけなのだから。

どれくらいそうしていたのか、やがて夢の果てに辿《たど》り着《つ》いた。旅の終わりに、わたしたちは電車を下りる。そして、それぞれの現実へと帰っていく。

最後の最後まで、一つの言葉さえ交わさないままに。

そう、さよならの一言すら。

目を開けると、胸の真ん中に違和感が残っていた。痛みはあるものの、傷ではない。なんだろう、これは。心の指を伸ばし痛みの輪郭をなぞると、空白に近いものだと気付く。その誰かの残した足跡みたいな喪失は、すぐに埋まって消えていった。

起き上がりフローリングに素足を重ねた途端、ひんやりとした冷たさが電流のように駆け上がって体がぶるりと震える。

わたしは、寒い寒いと口にしながらカーディガンを羽織り、カーテンを捲《めく》った。思わず吐いた息が、透明な窓の一点を白く曇らせた。その丸い部分だけが、一層、白を濃くしていた。濃くしたというのはつまり、その他の部分も白いということに他ならない。

透明な窓の向こうの世界は、一面の雪化粧が施されていた。

六華ー、とお母さんの声で彩られた名前に腕を引かれ一階へ。

わたしより一年だけお兄さんであるゴローさんが、テーブルの傍《そば》で気だるそうに身を丸めていた。ゴローさんはわたしとは違い犬だから、十五歳でもすっかりとおじいさんだ。けれど、彼のふさふさの体はまだ淡い青色で包まれているので、もう少しだけ長生きするのだと思う。

あの青が黄色に変わったら、いよいよ覚悟を決めなくてはいけない。

「おはよう、ゴローさん」

挨拶をすると、ゴローさんは目を開け、わたしを見てから小さく鳴いた。そして、また目を閉じてしまう。

テーブルに着いたわたしの前に、キッチンを忙《せわ》しなく動き回っていたお母さんが朝食を準備してくれた。フレンチトーストとグリーンサラダ。コーンポタージュはインスタントだけれど、中々のご馳走《ちそう》だ。

カップの縁に唇をつけ、ずずっとわざと音を立てて啜《すす》ると、熱が喉を通り胃の内側がかっと熱くなる。その暴れまわる熱が体に馴染《なじ》むと、ようやく人心地ついた気がした。

「あれ？　若《わか》ちゃんは？」

「若葉《わかば》ならもう学校にいったわよ。いつもより時間がかかるからって一時間ほど早く」

「流石《さすが》だなあ」

「六華もちょっとはお姉ちゃんを見習ったら？」

「無理無理。どう頑張っても、わたしは若ちゃんみたいにはなれないもの」

「そんなことないと思うけど。遺伝子は一緒なんだから」

言いつつ、お母さんも本当はわたしが若ちゃんみたいにはできないことを知っている。

断っておくけど、わたしが悪いのではない。若ちゃんが特別なのだ。彼女と同じことができる人間って、限りなく少ない。

わたしの姉はいわゆる天才と呼ばれる類の人種だった。

なにをやらせても人並み以上にこなしてしまう。

努力とか根性なんかで辿り着ける境地というものが確かにあるのかもしれないけれど、生まれつきなにかしらを持っている人しか辿り着けない場所もこの世界にはある。きっと、才能というのはドアの鍵みたいな形をしているに違いない。

選ばれた人間しか通れない、不思議の扉たち。

そして若ちゃんの才能は、マスターキーみたいに一つでいくつもの扉を開けられる特別なものの中でも更に特別なものなのだ。

このやり取りも、だから形式だけにすぎない。

適当な言葉を交わしつつ少し冷ましたスープを今度は静かに啜ると、BGM代わりに点《つ》けっぱなしにされていたテレビから、近くであった交通事故のニュースが流れてきた。

昨晩、凍結した道路でスリップした乗用車が傍を歩いていた男の子たちに突っ込んだ、という、多分、この世界で何度も繰り返された事故の一つ。

不幸に見舞われたのは、わたしの一つ上の男の子と、わたしと同い年の男の子の二人。

彼らは兄弟であるらしい。

近くの病院に緊急搬送されたと、パリッと糊《のり》のきいたスーツを着たキャスターのおじさんが原稿を読み上げる。運転手を含め三名とも意識不明で、うんたらかんたら。

彼らの運命がどうなるのかは、わたしが病院を訪れ一目でも見ればわかるだろう。かつてわたしも入院したことのある市民病院だ。

ふと、想像してみる。

彼らの体が青く見えるなら大丈夫。

黄色だと危ないけど、回復する可能性は十二分にある。

――ただ、赤だったならどう足掻《あが》いてもアウト。

とはいえ、そんなことがわかったところでどうしようもない。

わたしは死への距離が測れるだけで、死の運命自体をどうにかする力はないのだから。

それに、重ねてになるけれど、同じようなことは、今、この瞬間にだっていくつも起こっている。絶望なんて珍しくもなんともない。昨日蹴った石と同じくらいたくさん転がっているものだ。なのに、簡単には蹴り飛ばせない。かといって一つ一つに心を砕いてしまえば、あっという間に憔悴《しょうすい》してしまうことを経験則として知っていた。人は他人の痛みになら百年だって耐えられるけれど、自分の痛みには一日だって耐えられない。

そういう風に、神様は心を作った。

同じものを見ていたお母さんが、気をつけて学校にいきなさいよ、と口にしたのをきっかけに、想像を打ち切った。フレンチトーストを頬張っていたから、返事はしない。しっかり咀嚼《そしゃく》したはずなのに喉の奥につっかえたので、スープで無理やり流し込む。

口の中は尚《なお》、卵とバターの香りでいっぱいだった。

それでもやっぱり不幸な事件の味は、卵やバター、砂糖の甘さよりもっとずっと苦くて、わたしはお母さんにバレないように顔をしかめてしまった。

結局、その日はいつもよりいくらか時間をかけて学校に辿り着き、いつものように授業を受けて、放課後には約束通り奈月ちゃんたちと裸の手を真っ赤にして雪だるまを作りながら帰った。もちろん、病院になんていかないままだ。

そんな代わり映えのない一日だったから、それから三年近くの時間が流れた頃には、夢もニュースも、幾千に重ねた日常に埋もれ忘れてしまうことになる。

でも、わたしは全てが終わった後にようやく気付く。

あの日が、わたしたちの物語の本当の始まりだったのだと。

わたしの初恋は、すでに始まっていたのだと。

第一章　死色のクオリア

ゴローさんが死んだのは、高校二年の秋の入りだった。秋の乾いた空気に一度足を踏み入れると、季節は冬に向けてぐんと加速していく。ペダルを強く踏むというか。過ぎゆく夏への寂しさより、到来した風の冷たさに震えてわたしたちは身を丸める。人はどこまでも現実的だ。

暑い日と寒い日が交互にやってきて、例年通りにわたしが着込む服の厚さに四苦八苦していた頃、ゴローさんは約十八年の生涯を終えた。

朝、起きた時、彼の体が赤く発光しているようにわたしには見えた。わたしにだけ、そう見えた。それは死の運命が確定した色だった。

『信号機の色なんだね』

いつか、この力のことを若ちゃんがそう解釈して説明してくれたことがある。

『青は安全でしょう？　黄色は要注意。で、赤はアウト。そういう認識が六華ちゃんの中に根付いているから、脳が死の運命をそういう風に解釈してるんだ、きっと』

正否はわからないけど、この世界に存在するありとあらゆる問題集の後ろのページを見ても正答なんて載っていないので、賢い若ちゃんの言葉をわたしは信じている。

あれから、赤はわたしにとって死の色だ。

ゴローさんの体が、この数年の間で段々と薄くなっていった青からついに黄色へ変化したのは一週間前。故に、近くこの日を迎えることを、当然、わたしは覚悟していた。覚悟を固めるだけの猶予はきちんと与えられていたわけだし。

そう、一週間もあったのだ。

それでも、いざ明確で濃厚な死の気配を前にすると胸が締めつけられるみたいに痛んだ。喉が詰まり、どれだけ集中しても酸素さえ上手《うま》く取り込めなかった。もちろん、朝食なんて食べられるはずもない。動揺したまま、学校に向かう準備を整えていく。

せめて土曜日である明日だったらよかったのに、なんて見当違いの怒りが湧いてくる。学校が休みだから、ずっとゴローさんといられるのに。

髪を梳《と》かし、顔を洗う。

家族が今日死ぬことがわかっているのに、なにをしているんだろう。こんな普通の生活をしていいのだろうか、もっとやるべきことがあるんじゃないのか、と思う反面、具体的な案はなに一つ浮かばない。

死を前に、わたしはあまりに無力だった。

少し考えた末に、やっぱりいつものようにゴローさんのふさふさの毛を撫《な》でる。体は大きく、温かかった。まだ確かに命はそこにあった。

「いってくるね、ゴローさん」

いつもの言葉を、いつもよりほんの少しだけ長く告げる。

ゴローさんもまた、いつもの通り、わたしをちらりと見て、小さく鳴いた。わふっ、と鳴いた。その声が、その体温が、ゴローさんを感じた最後になった。

授業が終わると同時に、掃除当番を奈月ちゃんに代わってもらって全速力で家に帰った。玄関を開けると、そこにお母さんがいた。お母さんはエプロンをつけて、スリッパを履いて、けれどなにをするわけでもなく式台に腰かけていた。

片方の足の指先にかかったスリッパが、ブランコみたいに揺れている。

「お母さん」

呼ぶと、わたしが帰ってきたことに今、気付いたみたいにお母さんは顔を上げた。涙の痕が端に残ったままの生気のない瞳が、言葉はなくても全てを物語っていた。

ああ、と理解する。

間に合わなかったんだ。

「六華。おかえり」

「……ただいま。ゴローさんは？」

お母さんは首を横に振る。

「私が気付いたのはお昼過ぎだった。一言も鳴かないいんだもの、あの子。だから、とても静かな最期だったわ。眠るみたいに逝ったの」

「うん」

「ゴローは優しくて、賢い子だったね」

「うん」

「幸せだったかしら」

「どうかな。それはゴローさんにしかわからないことだから」

「そうね。そうよね。でも、私たちは幸せだったね」

「うん」

「ゴローは十分に生きたのよね。随分と長く頑張って、私たちと一緒にいてくれた」

ゴローさんは犬で、十八年という数字は種の平均寿命をいくらか超えていたので大往生の部類に数えていいだろう。

父や母や、今は東京《とうきょう》の大学に進学して既に家を出ている若ちゃんだって、ゴローさんの死期がそう遠くないことを知っていた。もう数年近く碌《ろく》に動けなかった彼は、その時がくるのを体を丸めて待っていたから。

「ねえ、お母さん。後の手続きはわたしが全部やっていい？」

「六華が一番、ゴローのお世話になったものね。それがいいわ」

「うん」

「遺族を代表して、しっかりやりなさい」

やらなくちゃいけないことがあるのは助かった。重苦しい感情が隅々まで浸透していく前に、思考が体の主導権を握ってしまえるから。人が高いお金を払い、面倒な手続きをしてまで葬式を執り行うのには意味がある。

悲しみに追いつかれると、未来に歩いていけなくなるんだ。

だから、逃げる為の時間を、力を、蓄えなくてはいけない。

お母さんの言っていた通り、ゴローさんの遺体は眠っているようだった。けれどもう、彼の体は赤く発光していなかった。青でも黄色でもない。無色透明。

なにより触れた体は冷たくて、硬かった。

冬の風より、もっとずっと冷たくて指先が痛くなって。

痛くて、痛くて痛くて痛くて。

泣きそうになってしまった。

息を吐き、急速に歪《ゆが》み萎《しぼ》んでいく視界を拭う。

手のひらに、熱い液体が張りつく。

泣くのはまだだ。今、泣いてしまうとゴローさんの為にできる最後の仕事ができなくなる。それは駄目だ。絶対に駄目。これまでもらったたくさんの得難い幸福のほんのわずかでも、わたしはゴローさんに返さなくちゃいけない。

最初に、ゴローさんの体を拭いてあげた。

すっかり綺麗にしてしまうと、大きめの木箱を倉庫から持ってきてゴローさんが大好きだった毛布を敷きその上に寝かせた。子供の頃のおもちゃ、すっかり汚れたフードボウルも一緒に。忘れちゃいけない。家族写真も。

一息つく間もなく、次は葬儀の為に電話だ。

人と同じように、犬や猫の葬儀をしてくれる会社があることは調べて知っていた。ゴローさんは家族なのでしっかり送ってあげようと、事前に家族会議で決めていたこと。

最後に役所での手続き。

狂犬病予防接種の関係で、猫やハムスター、熱帯魚なんかとは違い、犬だけは人と同じように死亡届を役所に提出しなくてはいけない。

待ち時間のわりに、手続き自体はすぐに終わった。

不愛想なおじさんに言われるがままに、書類に記入するだけだったから。

それでも役所を出た頃には、日は沈みかけていた。

ゴローさんと何度も散歩した道が、夕焼けのオレンジに染まっていた。影は一つだった。わたしの影だった。やっぱり、ちょっと泣きたくなった。

夕焼けの甘い匂いが、今日ばかりは沁《し》みる。

無性に走りたくなったけど、ゆっくり歩いた。

アスファルトを踏みしめるように歩いて帰ることにした。

家に帰り着いたら、お父さんがいた。流石に泣いてはいなかったけれど、スーツを脱ぐことすら忘れて、父は長い間ゴローさんの遺体の前で手を合わせていた。

五分か、十分か。

ようやくお父さんが顔を上げた時、その丸まった背中へ声をかけた。

「ゴローさんになにを言ったの？」

ああ、お父さんの背中はいつの間にこんなにも小さくなったのか。いや、違うのかな。わたしが大きくなっただけなのかな。小っちゃな、なにも知らなかった子供の頃と比べると、幾分かお父さんと近い視線で似た景色が見れるようになったのかもしれない。

わたしはもう、死という概念がわからないほど子供じゃない。

「ん？　ありがとうを」

「それだけ？　随分長い時間、手を合わせてたみたいだけど？」

「短いよ。ゴローがこれまで僕らと一緒にいてくれた時間に比べたらちっぽけだ。それでも、いつまでも悼んでばかりではいられないものな。僕らは明日から、ゴローのいない世界で、それでも生きていかなくちゃいけないんだから。さあ、飯にしよう」

それから三人で食卓を囲い、お母さんがいつもより手間をかけて作った料理をたらふく食べた。多分、お母さんも忙しくしないとやってられなかったんだろう。普段飲まないお酒を、お父さんもお母さんもほんの少しだけ飲んでいた。

たくさん、本当にたくさんゴローさんとの思い出話に花を咲かせて無理やり笑った後、順にお風呂に入り、誰もがいつもより少しばかり早く布団に入った。

そうして藤木《ふじき》家の明かりが消えた頃、わたしはひっそりとジーンズ生地のスカートにパーカーという色気のない格好に着替え、スニーカーをつっかけて夜の町に繰り出した。

吹きつけてくる風が、まだ半乾きの髪をなぶる。きゅっと体を抱き込むように縮こませ、わたしは当てのないまま歩き続けた。

信号の赤が点滅してアスファルトを濡《ぬ》らし、わたしの輪郭を夜から順に掬《すく》い上《あ》げる。

どこにいこう。

どこまでいこう。

目的地の定まっていない旅だけど、足は季節と同じように進むべき道を知っているみたい。止まらない。

ゴローさんと歩いた散歩道。

ゴローさんと通ったコンビニ。

ゴローさんがお気に入りだった神社。

家の中も、外も、ゴローさんとの思い出でいっぱいだ。当たり前か。ゴローさんは、わたしが生まれた頃から一緒にいるんだから。お兄ちゃんみたいなものだったんだから。

大げさじゃなく、わたしがこうやって人並みに生活できているのも彼のおかげ。ゴローさんがいたから独りじゃなった。

記憶の中に、過去の景色の中に、ゴローさんは確かに息づいているのに、今、開いた目の前にある現実にだけは彼の姿がない。

そして、そんな日々がこれからわたしの日常になる。

歩いて歩いて歩き続けて辿り着いたのは、まだわたしが幼稚園児の頃によくゴローさんと遊びにきていた公園だった。遊具はブランコと小さな滑り台だけ。

街灯は淡く、より強い月明かりの白銀が公園の輪郭を濡らしている。

歩き疲れたわたしは、ベンチにそっと腰かけた。少し汚れていたけれど構わない。どうせ高価なスカートじゃないし。衣料品のチェーンストアで、千百八十円。

動かないブランコたちのせいで、時間が止まって見えた。見上げた九月の空には、未《いま》だに夏の大三角が鎮座している。その輝きが真《ま》っ直《す》ぐに落ち、わたしが瞳に溜《た》め込んだしょっぱい湖に滲《にじ》む。

ここでなら、いいだろうか。

「もう、いいかな？」

誰に告げたわけでもない声が、夜の大気を微《かす》かに震わす。

「もう、いいよね。十分、我慢したよね？」

返事はない。

ただ熱だけが溢《あふ》れて、溢れて、もう止められないことだけはわかっていた。

「……泣いて、いいよね？」

一度、意識の手綱を緩めると感情を堰《せ》き止《と》めていた防波堤はあっという間に決壊した。

なにかを失うということは、死は、どうしてこんなにも強い痛みを伴うのだろう。風邪をひいて怠《だる》かったり、怪我《けが》をして血を流すのとは全然違う。

人の、一番脆《もろ》いところ。

目に見えない心という器官が破れて、ぎゅうぎゅうに詰めていた大事なものが流れ出していく。止めたい、と思う。止められない、と知っている。

それでも必死に体を折り曲げた。

ふうー、ふうー、ふうー。

歯の隙間から漏れる嗚咽《おえつ》。

ひっ、ひっ、ひっ。

喉が小さく連続で鳴る。

擦れたシューズの先に水滴が落ちた。流れて滑って、涙は地面を塗る。夜の闇の中で、土の一点だけが濡れて更に濃い闇がそこに生まれる。朝とか昼とか、太陽が出る時間なら光が宿る雫《しずく》も、夜に在っては闇を孕《はら》むしかない。

わたしの奥底がぶるりと揺れた。

記憶が、古いフィルムのように頭の中で再生される。抱きしめた温もり。温かかった。孤独が紛れた。わふ、とゴローさん、と名前を呼ぶ幼いわたしの声。わふ、とゴローさんが応えてくれる。たまにわたしの頬を舐《な》めてくれたっけ。ぬるりとした舌の感触。不意に記憶と現実が混濁して、わたしは幻に手を伸ばす。けれど、届かない。触れられない。あの声も、温もりも、全てが遠い。

――失ったのだ。

空気を、空っぽの指先が掻《か》いた。なにも引っ掛からず、太ももに落ちていく。現実が幻を侵食し、わたしの一等柔らかい場所へ突き刺さる。

「ああ、あああ」

やがて、遠ざけていた感情が津波のように一息にわたしを呑《の》み込んだ。悲しみをたらふく食べて太った粒が限界を越え、頬の丸みをなぞって転げ落ちる。喉は焼けるように痛み、感情は溶け、言葉は意味を持たないただの音になった。

「うう……うぅ……っ。うあっ、ゴ、ゴロ、さ、うああ、あああああ――」

叫んだ。

風も音もない夜の公園に、ただただわたしの泣き声だけが響いた。激しい雨も、深い夜も、必ず明けるなんて無責任なミュージシャンがいつか歌っていたけれど、この時のわたしは湧き出てくる悲しみが枯れる気配を少しも感じられなかった。

泣いても泣いても、悲しみの海は乾かない。

どれくらいそうしていたんだろう。

時間の感覚はとっくに麻痺《まひ》していた。

「あなた、大丈夫？」

不意に空から声が降ってきた時は、だからびっくりした。

心は悲しみに絡み取られて身動きができないでいたし、こんな時間のこんな場所に新たに人がやってくるなんて思ってもいなかったから。

「え？」

濡れた視界を、慌てて拭う。

隣に、わたしと同じ年頃の男の子がいた。

見知らぬ男の子だ。

顔はわたしの好みというわけではないけれど、ミーハーな女の子が騒ぎそうな造形をしている。アイドル系というか。京香ちゃんなんかが好きそう。彼女はイケメンに弱い。

綺麗な金色に染めた髪は、そのくせ、女のわたしより艶々だった。少しの癖もなく、すとんと真っ直ぐに伸びている。

その月明かりのカーテンに似た金色の隙間から覗《のぞ》く優しい眼差《まなざ》しが、涙で溺れていたうっ、うっ、うっ、とやっぱり言葉に成りそこなった泣き声の残滓《ざんし》だけが口を衝《つ》く。うっ、うっ、と続く。輪郭のはっきりした言葉に変わるまで、もう少しだけ時間が必要そう。

「ごめん。いきなり声をかけてしまって、驚かせたね。でも、こんな時間に一人で泣いているから放っておけなくて。……しばらく傍にいていいかな？　実はさっきから何度か酔っぱらったおじさんたちが、あなたに声をかけようと付近をうろちょろしてたんだ。怖そうなお兄さんたちも。気付いてなかっただろう？　おじさんたちも僕のことも」

彼は、わたしを〝あなた〟と呼んだ。

同級生の男の子たちの中に、普段、女の子に対してそういう呼び方をする子は一人もいない。お前とか、あんたとか。どれだけ丁寧な子でも、せいぜい君《きみ》とか。

ただ纏う雰囲気に、その話し方は奇妙なほど嵌《は》まっていた。

どことなく浮世離れしているというか。

こくん、と頷《うなず》く。

「やっぱりね」

それから、二人並んでいくらかの時間を過ごした。彼は静かに傍にいてくれた。出会ったばかりの人だというのに、沈黙は不思議と気にならなかった。

しばらくして涙が引いた頃、わたしは乾いた口をようやく動かした。

「あ、あの」

声が詰まってしまったから、唾を呑み込んで潤滑油にする。

「ん？」

「帰れとは言わないんですか？」

「人間だもの。泣きたい夜もあるだろう。泣ける場所を探すことだって。ああ、そうだ。これ、よかったら飲むといい。近くの自販機で買ったばかりだからまだ温かいよ」

「でも。わたし、お金――」

手ぶらで家を出たものだから、スマホも財布も持っていない。

彼は、ふるふると首を横に振った。

「泣いている女の子からお金は取れないかな。というかね、ここで受け取ってもらえないと、ほら。僕、すごく格好悪いだろう」

「そんなことないと思いますけど」

「そんなことあるんだ。これで、結構無理して格好つけてるんだから。だから、このまま格好つけさせてくれると有り難い」

「本当にいいんですか？」

「もちろん」

「じゃあ、遠慮なく。ありがとうございます」

コートのポケットからホットの紅茶を取り出した男の子は、春風歩《はるかぜあゆむ》くんといった。

年齢は十八歳で、わたしより一つ年上。

くすんと洟《はな》を啜って、差し出された紅茶の缶を受け取る。熱っ、と小さく叫ぶ。悲しみで麻痺していたせいか気付かなかったけれど、体は随分と冷え切っていたらしい。しばらくして、熱に慣れた手のひらにじんわりと広がっていく温かさにほっとした。最初は痛みのように感じていたのに、やがて人はその痛みすら受け入れ、呑み込み、馴染んでしまう。

そうしなければ、生きていけないからだ。

生存本能の一種なのかもしれない。

プルタブに指を引っ掛けて開けた缶の端っこに唇を押し当て、傾ける。こくん、と大きく喉を鳴らす。市販の紅茶の、安っぽい甘みが熱と共に喉を通って、体の隅々へ滑り込んでいった。胃が太陽になったみたいにポカポカしている。

生きている。

わたしはここにいる。

隣で、春風くんも同じ紅茶の缶に口をつけていた。

再びの沈黙が横たわる中、先に言葉を紡いだのはわたしだった。

「……春風くんはなにをしていたんですか？」

「散歩かな。趣味なんだ」

「こんな時間に？」

「僕からしたら、こんな時間だからこそっていう方が正しい気がする。夜ってすごく愉快だよ。それにほら、こんな素敵な出会いだってある。まあ、危ないから女の子にお勧めはしないけど。今日はだから、特別だよ」

そういうことを照れもなく言える度胸がすごい。

一つしか違わないはずなのに、同級生たちよりずっと落ち着いて大人びて見えた。

「春風くんはすごくモテるでしょう？」

「嬉《うれ》しい評価だけど、そんなことないんだ」

「嘘。女の子慣れしているように見えますよ」

「嘘じゃない。これでも、声をかける決心をするまで二十分は悩んだ。話のきっかけにする為にわざわざ自販機まで飲み物を買いに走ったりね。それに……」

一瞬だけ、春風くんが口を噤《つぐ》む。

鼻の先が赤いのは、寒さのせいか。

あるいは、別の理由があるのか。

わたしは急《せ》かすように、首を傾げる。

「それに？」

「どうやってあなたの涙の理由を聞いたらいいのか、ちっともわからない」

本当に困ったように、整えた眉を彼は八の字にしていた。

「知りたいんですか？」

「でないと、涙を拭ってあげられないだろう」

言って、今度は恥ずかしそうに、女性の涙は苦手なんだ、と付け加えていた。

その真面目な口調に、ああ、彼の言っていることは本当なのかもしれないと思った。

女の子の相手が上手な子は、ここまで正直に心の内をさらさない。

涙の理由なんてどうでもよくて、適当な冗談の一つでも口にする。

あるいは男らしく強引に抱きしめるとか。

そっちの方がずっとスマートだ。女なんて生き物は、言いたいことがあれば聞かれずとも進んで口にするのだから。故に彼は、本当に女の子慣れしているわけじゃなく、単純に真面目で優しいだけなのだろう。

ただ、この時、とても弱っていたわたしは、彼のその純朴さを、素直さを、生真面目さを、あるいは不器用さを、ひどく好意的に感じていた。

「あのですね」

「なんだろう？」

「そういう時は、黙って胸を貸すのがいいと思いますよ」

「胸を貸す？」

「抱きしめるってことです」

「言葉はいらないのか」

「口先だけの優しさより、人の温もりの方がずっと沁みることってありますよね」

「中々、ハードルが高いな」

「ですよね」

「でも、いいよ。おいで」

「いいんですか？」

「それであなたの涙が拭えるなら、きっと些細《ささい》な問題として片付けてしまえるさ」

広げられた腕の中に、吸い込まれるように自然と体を預けた。

ついさっき出会ったばかりの男の子なのに。

後になって振り返った時、どうしてこんなにも大胆なことができたのか、自分でも心の動きを不思議に思う。夜の甘い空気のせいか。弱った心のせいか。彼のくれた安っぽい紅茶の温もりのせいか。

もっと別のなにかがあったのか。

春風くんはいくらか迷った末に、わたしの背中に手のひらの置き場所を見つけた。彼の心や想いに負けないくらい、とても優しい手つきだった。

「ふふっ」

「なにか間違ったかな？」

「ううん。すごくドキドキしてるなって」

彼の心臓の音だった。

命の音だった。

今まで聞いたどんな音よりも、強く熱く響いていた。

「……言っただろう。慣れてないんだ」

「ありがとうございます」

「え？」

「慣れていないのに、勇気を出してくれて。若ちゃんが。あ、お姉ちゃんのことなんですけど、若ちゃんがわたしが泣いていたらよくこうやって慰めてくれたんです。心臓の音を聞くと落ち着くからって」

「お姉さんは、今は」

「東京の大学に進学してます。だから、今夜は一人で立ち上がらなくちゃいけなくて。頑張ってみたんですけど、難しくて。あの、聞いてもらえますか？」

うん、と春風くんは小さく、けれどもしっかり頷いてくれた。

それを合図に鼻の奥がツンとなって、我慢していた感情がわたしの意に反してボロボロと零《こぼ》れていった。温もりの只中《ただなか》にいて尚、わたしの声は震えていた。いや、逆なのかな。温もりの中にいるからこそ、固まっていたものが氷解していくのかもしれない。

「……ゴローさんが死んだんです」

「それはあなたの大切な人？」

「一緒に暮らしていた犬のゴローさん。犬だけど、わたしにとってはお兄さんみたいな存在でした。一つ年上で。だから、もうすっかりと老犬だったんですけど」

「うん」

「わた、わたし、今日、ゴローさんが危ないことを知っていたのに、今日が最後だってわかっていたのに、普通に学校とかいっちゃって」

「うん」

「帰ってきたら、もう、ゴローさんは冷たくなってて」

「うん」

「体を拭いたりとか、色々したけれど、自己満足でしかないかもって」

「うん」

「もっと、もっとぉ。本当はゴローさんと一緒にいたかったんです。してあげたいことも、たくさんあった。明日も、明後日《あさって》も、明々後日《しあさって》も」

言葉はいつしか支離滅裂になり、意味をくみ取れる形を逸脱していった。それでも、春風くんはわたしの傍で頷き続けてくれた。

彼の強い心臓の音が耳朶《じだ》を濡らし、それが一層、わたしの涙を誘う。

止めどなく流れていく涙を顔と一緒に押しつけたせいで、彼の胸元はすっかりと黒く染まっていたのに春風くんは気にする素振りすら見せない。

言葉が切れる。

慟哭《どうこく》が引き継いで、静謐《せいひつ》だった夜を揺らす。

誰かの胸の中で泣くことは、ひどく心地よかった。


半分に欠けた月が輝いていた。半分だけでも星の輝きよりはずっと強く、クレーターがはっきりと見て取れた。そんな月の上に鎮座している土星。西の空に頭を傾けると、さっきも見た夏の大三角があった。天頂近くにはもう秋の四辺形だってあるのに。二等星ばかりで、とびきり明るいわけじゃない。ペガスス座の一部。

雲の少ない夜で、星々の光は余すことなく地上に降り注ぎわたしたちを照らしていた。

随分と長い間、わたしは涙を流し続けたように思う。

目と鼻の先を赤くしてぐしゃぐしゃになった不細工なわたしの顔を見た春風くんは、たくさん泣けたね、と呟《つぶや》いた。

それから瞳の端についていた悲しみの残りを、親指で優しく拭ってくれる。

「すみません。はっきり言って、すっきりしました」

まだ胸は痛むけれど、もう顔を上げることはできる。

「きちんと泣けないのはとても不幸なことだから。あなた、さっきはただ涙を流しているだけできちんと泣けていなかっただろう？」

変な言葉だな、と思った。涙を流すことが、泣くっていうことじゃないのか。でも、なんとなく言いたいことはわかる気がした。きっと一人で涙を流し続けても、わたしはこれほどまでに心を軽くすることは叶《かな》わなかっただろう。

「そうですね」

「だから、よかった」

春風くんが、本当に嬉しそうにくしゃっと笑う。

その笑顔を前にして、わたしはようやく、そして唐突に気付いた。

「え？」

これまで、やっぱり自分は平静ではなかったんだな、と思い知らされる。世界があるべき姿を取り戻した今、頭が目の前の異常なものを異常だと正確に把握してしまう。

わたしの瞳は、命の定めを映す。

正常なら青色。

危険な時は黄色。

死に囚《とら》われると赤色。

だというのに、目の前の青年はそのどの色も纏っていない。

無色透明。

ゴローさんの遺体と同じ、本来なら命を失った先にあるはずの光景。

慌てて、彼の足を見る。ある。触れられる。紅茶だって飲んでいる。体温も、鼓動も、きちんと体中で感じられた。夢でも幻でも幽霊でもなく、彼はここにいる。

もしかして能力がなくなったのかと考えてみたけれど、わたしの体は未《いま》だ青く発光していた。どうやら違うらしい。では、なぜ？

混乱しているわたしをよそに、隣に座っていた春風くんが立ち上がる。

「さあ、そろそろ帰ろうか。もうすぐ夜が明ける」

告げられた言葉の通り、東の空は白み、夜の黒が解け始めていた。朝靄《あさもや》に闇は薄まって、濃紺、紫、オレンジ、ピンク、白と、人の手では決して作り出せないであろう見事なグラデーションを織りなしている。夜を照らす月よりずっと大きくて強い太陽の光が、飛び立つ前の鳥の翼のように広がっていく。

その眩《まばゆ》さの中で、春風くんがわたしに手を差し出してくれた。日の下でさえ――あまり関係がないのだけれど――、やっぱり彼の体は光っていなかった。

無色透明なまま。

おずおずと、摑《つか》まるようにその手を握る。

理解の外にいるはずの存在を前に、しかし怖いという気持ちは全く湧いてこない。

「近くまで送ろう。家はどっち？」

これが、わたしと春風歩くんとの出会いだった。

＊ ＊ ＊ ＊ ＊

熱いシャワーを頭から浴びるだけの烏《からす》の行水を終えて、そのままベッドに倒れ込む。

たくさんのことがありすぎて、強い感情に振り回され続けて、限界だった。

睡魔がわたしの意識を、サクッと一息に刈り取る。

夢は、覚えていない。

目を覚ました頃には、もうすっかり太陽が南の空の高いところにのぼっていた。半分に欠けた月も、ペガススの星の並びも見えない。

時計の針は、正午のゴールテープをとっくに切り終わって尚、一時間近くも走っている。律義で真面目な彼は、これからもたゆまず時間を刻んでいくのだろう。これまでがそうだったように。誰が生まれても、誰が死んでも、日常っていうのは強固で、同じように在り続ける。そして気付けば、随分と遠くまで流れていってしまう。

欠伸《あくび》を従者に階段を下りる。

リビングに入った途端、ふわりと甘い香りがした。

「おっすおす、六華ちゃん。おそよう様だね」

もぐもぐと、バターとジャムをたっぷり塗った食パンを齧《かじ》る若ちゃんが片手を上げてそこにいた。びっくりした。

「随分と重役出勤じゃない。もう昼の一時を過ぎてるよ」

「あれ、どうして若ちゃんがいるの？　いつ帰ってきたの？」

「ゴローさんが亡くなったって聞いたから。帰ってきたのは少し前ね。あ、六華ちゃんもご飯食べる？　食パンをチンするくらいならやったげる」

「え、ああ、うん。お願い」

「あいあーい。わたしももう一枚食べようっと」

いそいそと若ちゃんがキッチンに引っ込んでいく。十数ヶ月ぶりに見る姉は、元より細かった線がいくらか細くなったくらいで、それ以外はあまり変わっていなかった。

パンを焼くだけなんて言っていたのに、アラジンのトースターに食パンを突っ込んだ後、彼女は当たり前のようにフライパンの上へ、大きめに切ったベーコンと卵を落としていた。じゅうううっと音が弾《はじ》ける。若ちゃんは自分の分だけなら気にしないけど、誰かに食べさせる食事にはやたらと気を遣う。

ああ、やっぱり変わってないな。

わたしの大好きなお姉ちゃんだ。

香ばしい音と匂いに食欲もようやく目を覚ましたのか、お腹《なか》が小さく鳴いた。

「ゴローさん、火葬なんだっけ？」

「そう」

「業者はいつくるの？」

「明日」

「お母さんに聞いたわ。六華ちゃんが色々頑張ってくれたって」

「大したことはしてないけどね」

「ううん。ゴローさんも嬉しかったと思うな」

テーブルに着いて待っていると、見事な焼き上がりのベーコンエッグにグリーンサラダ、ホットのコーヒー、黄金色の食パンという、喫茶店のモーニングみたいなものが出てきた。食器は、若ちゃんが一時期やたらと熱中して買い集めていたマリメッコ。ケシの赤が印象的な、ウニッコシリーズだった。大学進学時にほとんど東京のアパートに持っていったけれど、いくつかはこの家にも残されている。

いただきます、と姉妹揃《そろ》って手を合わせた。

フォークの先で夕日みたいな半熟の黄身を潰してから、食パンを千切ってそれに浸し口に放り込んだ。続いて、端がカリカリのベーコンも。

とても美味《おい》しかった。

塩加減が抜群なのだ。

焼くだけの、本当に簡単な料理だけれど、それだけに作った人の技量がよく出てしまう。学生時代、といっても、若ちゃんはまだ学生だけど、とにかく。高校生の時分、飲食店でいくつもアルバイトを掛け持ちしていた若ちゃんはかなりの料理上手だ。

「六華ちゃん、黄身がついてる」

「え、嘘。どこ」

「ここ」

若ちゃんの細い指先が、わたしの唇の端にそっと触れる。

目が赤い、と若ちゃんが微笑んだ。

「よかった。きちんと泣けたのね。お姉ちゃん、少し不安だったんだけど安心した。六華ちゃんは一人で抱え込んじゃう時があるから」

「そんなことないよ」

「ううん。そんなことあるの。前例があるし、否定しても駄目」

微笑んだ顔のまま、若ちゃんがわたしの瞳を真っ直ぐに覗《のぞ》き込んできた。彼女の輪郭は窓の外に広がっている空のように青かった。

「ねえ、六華ちゃん。わたしは今、何色に光ってる？」

「青色」

「じゃあ、しばらく死ぬことはないのね」

世界中でただ一人、若ちゃんだけはわたしの力について知っている。彼女が人に指摘されるくらい過保護にわたしを大事にしてくれるのは、わたしがこの能力を獲得した事件に起因するから。

あの頃、わたしはまだ七歳になったばかりだった。

当時、神童だともてはやされた若ちゃんは十一歳。

その十一歳の若ちゃんがつけてくれた力の名前が〝死色のクオリア〟だった。


わたしが物心ついた時にはすでに、若ちゃんは特別だった。

可愛くて、頭がよくて、運動神経抜群で。

こんな風に羅列すると途端に安っぽく感じてしまうけれど、若ちゃんの才というものはそんな可愛らしいものとは格が違っていた。

たとえば——。

まだ若ちゃんが小学校に入学する前、お父さんがリビングでプレゼン用の資料を作っていたことがあった。幼い若ちゃんはお父さんの膝の上に黙って抱かれ、その様子を眺めていた。いくら中小企業の資料とはいえ、それはもちろん、未就学児には理解できないはずのものだ。

事件はそれから一週間が過ぎて、同じようにリビングでお父さんがパソコンとにらめっこしている時に起こった。モニターには、父が想定していたものとは違った数字が表示されていた。

「んー？　うーむ、なんでだろうなぁ。おかしいな」

「あれ、パパ。それ、この前見た数字と違うよ」

「え？」

「んーとね、ほら、ここ。やっぱり数字が違ってる。だから、こっちも違ってくる」

若ちゃんはその時、ちらりとパソコンの画面を一瞥《いちべつ》しただけだったらしい。

マウスをたどたどしく動かした若ちゃんの指摘した通りに修正すると、正しい数値が表示された。若ちゃんは一度見ただけの数字を完璧に覚えていて、尚且《なおか》つ、それがどこに反映されるのかまでをきちんと理解していたのだ。

同じようなことは、他にもたくさんあった。買い物の時、合計金額をレジ打ちするより早く計算してしまったり。家にある洋画のDVDを二度目からは字幕なしで見ることができたり。運動会で、上級生の男子をリレーでごぼう抜きしたり。

もはや、暴力的といってもいい。

そして圧倒的な才は、人を惹《ひ》きつけ、お金になる。

嗅覚の鋭い何人かは口が上手く、善良で庶民でしかない父や母は口車に乗せられて若ちゃんをスポットライトの下に送り出すようになった。

テレビにも映り、当時は何千万、何億というお金が藤木若葉の周りで動いていたらしい。とはいえ、我が家には実入りはそれほどなかった。冷静に振り返ってみた時、わたしたち一家は随分と搾取されたのだと思う。若ちゃんがお金を望まず、父や母もその意向に沿っていたという要因も大きいのだけれど。

撮影の都合で日本全国を飛び回る若ちゃんについていく両親が家を空けることもしばしばあり、多少手のかからない年頃になったわたしは放っておかれることもあった。

まだまだ甘えたい時分ではあったけれど、疲れつつも充実した顔をしている家族を見るとわがままはきゅっと胸の奥に沈んでいった。

なにより、わたしにはゴローさんがいた。

彼がいつもわたしに寄り添ってくれていたから、耐えられた。

そんな日々は、しかし、唐突に終わりを告げる。

お母さんは若ちゃんの撮影に付き添い東京に泊まりがけでいかなくてはならなくなり、お父さんもタイミング悪く仕事の出張が重なっていた。一緒についてくるか、とお父さんは言ってくれたけど、仕事の間はホテルにいなくちゃいけないと聞いて断った。大丈夫だよ、と嘯《うそぶ》く。一晩くらい一人で留守番できるから。代わりにお土産は奮発してね。

「いってくるね。六華ちゃん」

「うん、頑張ってね。若ちゃん」

早朝、まだ薄暗い町へと出掛けていく家族を見送った時、なんだか胸が気持ち悪いなと思ったものの、不安のせいだと思い見て見ぬふりをした。

学校も冬休みに入っていて、わたしの異変に気付く人はいなかった。

もう、わたし自身も覚えていない。

だから、ここから先は後で聞いた話。

撮影を終え予定通り次の夜に若ちゃんとお母さんが帰ってくると、玄関の扉からゴローさんが飛び出し、ぐったりと床に倒れていたわたしの元まで引っ張っていったらしい。

あんなに悲しいことは他になかった、と今でも家族は口を揃える。

というのも、すぐに病院へ運び込まれたわたしは、そのまま一度息を引き取ってしまったんだとか。心臓は止まり、呼吸も止まり、生命活動も停止した。

死だ。

全ての命が辿り着く場所。

じゃあ、今、生きているわたしはなんなのかということになるのだけれど、結論からいえば、蘇《よみがえ》ったって表現になるのだろうか。ほんの短い間、死に触れたわたしは、その日の内に現世へ帰ってきた。ドジな死神による手違いだったのかもしれない。

死んでいた間の記憶も実感もないのだけれど、証《あかし》のようなものは残っている。

病院のベッドの上で目を覚ましたわたしは、それまで見ていた世界との違いに戸惑った。目に映る生き物がうっすらと発光していたのだ。濃さに程度はあったものの大体が青色だったけれど、中には黄とか赤もいた。その場所が病院だったという要因も大きい。

死は、そこここに溢れていた。

もちろん、それが意味するところを最初は理解できずにいた。

脳や目の検査もしてもらったけれど、異常は見当たらなかった。

入院して数日が経《た》つと体も元気になって、暇を持て余したわたしは病院内をうろつくこともあった。ベッドに縛りつけられている生活には飽きていたし、冬にしては暖かい日だったから、天窓のあるロビーで日向《ひなた》ぼっこをするのもいいかな、なんて思ったのだった。日の光に当たるだけで、随分と心は軽くなるものだ。

そうして長椅子に腰掛けぼうっとしていると、急にロビーが騒がしくなった。声に誘われるままに顔を向けると、白衣を着た大人たちが何人も慌ただしく駆けていった。その先には担架があって、乗せられていた患者は真っ赤だった。

それは血の赤であったし、わたしの目だけが捉えられる赤でもあった。

なにやら、近くの工事現場で事故があったらしい。

重傷者は四名。

当直の先生は素早くトリアージを行った。トリアージというのは、一度に多数の傷病者が出た場合、患者の状態を見分けて治療の優先順位をつけることだ。

それは命の取捨選択に等しい。

救える命の為に、間に合わない命を切り捨てる。

四十代半ばの医師の顔が、苦悶《くもん》に歪む。その先生はとても優秀な人で、彼の執刀する手術は近隣の病院からこぞって見学にくるほどの腕前らしい。そんな人でも、正しいのか、間違っているのか、絶対の自信なんてないのだろう。

けれど、わたしには一瞬でそれを完璧なまでに執り行うことが可能だった。

全員、助からない。

だって、誰一人として赤以外に染まっている人がいないから。

この頃は、まだその赤がなにを意味するのかを知らなかったわけだから、どことなく恐怖にも似た不安が薄い胸に巣食っているだけだったけど。

数時間後、その予感が正しかったことを病院内を駆け巡る風の便りで知った。

二つ隣の部屋にいた黄色を纏ったおばあちゃんは、次の日には赤くなって、その数時間後に死んでしまった。一度、挨拶しただけの間柄だったけど、声や顔や名前を知っている人の死はショックだった。

着実に、わたしは自分の獲得した力の意味を知っていく。

青い人は安全。薄い青はちょっと弱っているけど平気。黄色の人は危なくて、青に戻ったり赤に進んだりする。赤は手遅れ。遅くとも数時間後に死んでしまう。

透視能力を使って、神経衰弱でもしているような気分。捲る前からどんなカードなのかを知っている。捲る。想像通りの絵柄が現れる。嬉しくない。こんな力、いらない。外れてほしいと切に願った。死なんて見たくない。

けれど現実は非情で、赤に染まった人は順に世界から退場していった。

自分がなにか悪いことをしてしまっているような気分に陥って、布団に包《くる》まり震える日が増えた。わたしが殺したわけじゃない。でも、もしかしたら見殺しにしたのかもしれない。わたしが声をかければ救えた命があったのかもしれない。

ただ死はあちこちに転がっていて、その全てを掬い上げることは不可能だった。

そう、わたしもトリアージをしなければならない。

どの命を救うのか。

そんな神様みたいなこと、できるはずもないのに。

結局、わたしが頼ったのは若ちゃんだった。

わたしが倒れてから一日も欠かさず若ちゃんはお見舞いにきてくれていたので、二人で内緒の話をするのは容易だった。

わたしのちっとも要領の得ない、説明書をびりびりに破ったようなたどたどしい言葉を、しかし、一度聞いただけで若ちゃんはきちんと把握してしまえた。

「一種の〝シナスタジア〟なのかな」

「〝シナスタジア〟って？」

「ああ、ごめん。〝シナスタジア〟っていうのは〝共感覚〟のことだよ」

なんて説明されてもちっともわからない。

わたしはベッドの上で首を傾げてしまう。

「えっとね、〝共感覚〟っていうのは、文字や音に色や匂いを感じたりすることなんだ。多分、六華ちゃんは一度死に触れたせいで、命を主観的に感じ取れるようになったんだと思う。その〝感じ〟のことを〝クオリア〟って呼ぶんだけどね」

また難しい単語が出てきた。

「あ、〝クオリア〟っていうのは正確には〝感覚質〟を指していて。たとえば――」

言って、若ちゃんは手元のハンドバッグを掲げた。

「これ、何色に見える？」

「ピンク」

「うん。わたしもピンクだと思う。だけど、わたしの見ているピンクと六華ちゃんの見ているピンクが同じだということは厳密にはわからないよね」

「ピンクはピンクじゃないの？」

「それぞれに感じ方の違いがあるんじゃないのかってこと。わたしがピンクと思っているものが六華ちゃんの目と意識を通してみた時、実はわたしにとってのオレンジかもしれないって話。それはひどく主観的なことなの」

難しい。本当に難しすぎて、いい加減脳から煙が出そうだ。わたしの限界を悟ったのか、若ちゃんが苦笑して話を切り上げ始める。

「なんて、長々と説明したのにあれだけど、小難しい話はこの際、どうでもいいよ。つまり六華ちゃんは生物から無意識に発せられている命の運命を主観的に感じるようになった、っていうのがわたしなりの推論かな」

死色のクオリア。

若ちゃんはそう言った。

「その感じ方が、赤、黄、青か。信号機の色なんだね。なるほど。青は安全でしょう？

黄色は要注意。で、赤はアウト。そういう認識が六華ちゃんの中に根付いているから、脳が死の運命をそういう風に解釈してるんだ、きっと」

若ちゃんは一人で納得しているけれど、わたしにはやっぱりさっぱりだった。

まだ小学一年生で、足し算だとか引き算だとか、ひらがなとか、そういうことを学んでいる段階だったから当たり前だ。

とはいえ、年月が過ぎ、因数分解とか、仮定法過去完了とか、帰納法とか、万有引力なんかの世界を構成するいくつかのルールについて学び知った高校生になった今でも、はっきり理解しているとは言い難いのだけれど。

まあ、でもいい。

難しいことは頭のいい人に任せておけばいい。

わたしが相談したいのは、もっと別のこと。

「それでさ、若ちゃん。わたし、どうすればいいと思う？」

この力とどうやって向き合っていけばいいと思う？

無理をしないでほしい、と若ちゃんは言った。

それは質問の明確な答えではなく、ただの願望だった。

賢い若ちゃんがそのちぐはぐさに気付いていないわけはないので、きっとわざとそういう言葉を選んだのだろう。

「わたしね、芸能界のお仕事辞めたの」

「え？ どうして」

初耳だった。

そうして若ちゃんはパイプ椅子から立ち上がり、わたしのいるベッドの端に腰かけた。

スプリングが少し跳ねた。体重に沿うように沈んで、落ち着く。

それを待って、若ちゃんは続けた。

「気付いたから」

「わたしがあのお仕事をしていたのは、お金がもらえるからでも、褒められたいからでもなかったの。承認欲求とかでもないよ。ただ、喜んでくれる人がいるから。誰かに笑ってもらえることが嬉しかった。それだけ。でもさ、名前も顔も知らないたくさんの人を喜ばせても、もっと大切な人に辛《つら》い想いをさせたら意味ないんだよね。お父さんとかお母さんとかさ。六華ちゃんも。わたしは、百万人の誰かより、もっとずっと六華ちゃんが大切だよ。当たり前だけどさ、人間ってこの小さな手で掴めるものしか持てないの。なにもかも全部は無理。一時だけ頑張っても、いつか潰れちゃう」

「若ちゃんでも無理なの？」

「もし全部をちゃんとできるなら、こんなことになってないもん」

「それは違うよ。わたしが――」

「悪い、なんて言わないでね。それにもう決めたことだから」

若ちゃんはこの時、きちんとトリアージをしていた。物事に順位をつけて、持ちきれない荷物はあっさりと諦めた。彼女はなんでもできるように見えたけれど、神様じゃない。わたしと同じ、限界のある人間だった。

人よりもたくさんのものが摑めたとしても、全てを手に入れることは叶わなかった。

「でも、あの、えっと。違約金とかがかかるんじゃ」

「ありゃ。六華ちゃんは難しい言葉を知ってるんだね。だけど、大丈夫。心配しないで。わたしに寄生して甘い汁を吸っていた大人たちを何人か知っているから。たくさん美味しい思いをさせてあげたんだから、代わりにちょっとくらいハズレくじを引いてもらってもいいでしょう」

だからね、と若ちゃんは白い歯を剝《む》き出しにして笑う。

「六華ちゃんもわたしと同じように自分本位で考えていいの。まずは己が豊かであれ。人のことなんて後回しにしちゃえ。もう一度、言うよ。全部は手に入らない」

「いいのかな」

「いいよ。お姉ちゃんが許す。それで世界中のみんなが六華ちゃんに石を投げたとしたら、その時はわたしが全てを懸けて守ってあげる。ただし、もし六華ちゃんが頑張れる範囲で助けられる命があるのなら、その時は手を伸ばしてあげて。自分本位でいいとは思っているけど、六華ちゃんに自分勝手な人間になってもらいたくはないから。優しい人間であってほしいから」

あの日あの時の、あの言葉は、それからわたしの指針になった。

若ちゃんがわたしのお姉ちゃんじゃなかったら、どうなっていただろう。

わたしはとっくの昔に壊れていたかもしれない。

若ちゃんの作ってくれたブランチを食べ終えて、使った食器を流し台に運んだ。シャツの袖を捲り、蛇口から流れ出る水がお湯に変わるのを少しだけ待つ。

ご飯は作ってもらったから、若ちゃんの洗い物も纏めてやってあげることにした。

「あらあら、いいの？　ありがとう」

「いえいえ、どういたしまして」

若ちゃんが妙にうやうやしく言うものだから、わたしもわざと丁寧に答えておく。

とはいえ、そんなに労力のかかることじゃない。若ちゃんは調理の最中に都度、使った調理器具を洗っていたので残っているのはマリメッコのお皿とマグカップくらい。

二分もあれば終わってしまう。

「ふう。お腹いっぱい」

テーブルに残っていた若ちゃんが、ぐぐーと体を伸ばす。呼応するようにわたしより随分と女性らしいラインがあらわになる。それでいて腰回りなんかはすごく細いのだから、不公平だ。

「んー、さてさて。じゃあ、ひと眠りしてこようかな」

「ええ、今から寝るの？」

つい拗《す》ねた声が出てしまった。あるいは、甘えるような声か。ふわふわの洗剤と一緒に排水溝に流れていって尚、残滓のようなものだけが漂っていた。

だって、せっかく若ちゃんが帰ってきているのだ。

もう少し構ってほしい。

「朝一の電車で帰ってきたからね。お眠なんだ。そんな顔しなくても、しばらくこっちにいるから」

「そうなの？　大学は？」

「途端に笑顔になっちゃって。ほんっと、六華ちゃんは素直で可愛いんだから。去年までの講義であらかた必要な単位を取り尽くしちゃったから今期は結構暇なのよね。授業がないわけではないけど、出席が必須な奴は代返をお願いすればいいだけだし。テストも、まあ、わたしなら大丈夫でしょう」

「代返ってなに？」

「出席票を代わりに提出してもらうこと」

「それってバレないの？」

不正行為のような気がするのだけれど。

「教授によるかな。真面目な先生だと駄目だけど、案外とそんな人は少ないのよね」

日本で一番難関とされている大学でもそうなのか。

というより。

「むう。大学生になって若ちゃんが不良になった」

「大人になると、正しさだけでは生きていけなくなっちゃうんだよ。折り合いをつけることが大事。もちろん、正しく生きられるに越したことはないのだけどね」

らしいような、らしくないような言い草。

話はおしまいとばかりに立ち上がった若ちゃんが、ドアの方に歩いていく。

ちょうどわたしの方も洗い物を終えたところだった。

ふと、言い忘れていた言葉があることに気付く。

まだ間に合う。

若ちゃんがドアノブに手をかけたタイミングに、わたしの声が重なった。

「若ちゃん、あの。おかえりなさい」

「あいあい。ただいま」

振り向いた若ちゃんがその時、ちょっとだけ悲しそうな表情を浮かべたのはどうしてか。無理やり笑っているっていうか。

血を分かち合った姉妹だもの。

そういうのはよくわかる。

理由を聞いてみたかったけれど、その背中が逃げるみたいにすぐドアの向こうへ消えてしまったから叶わない。

パタン、と褪《あ》せた音が響いて霧散する。

声に変わる前の想いだけが、リビングの空気に微かに残った。

❋　❋　❋　❋　❋

ゴローさんは家族に見守られながら火葬され、最後に小さな骨壺《こつつぼ》に収まった。遺骨は一旦引き取って、四十九日のタイミングで業者が提携しているという霊園に納骨、埋葬することに決めた。

今でも胸は痛むけれど、やがてそれが薄れていくことも知っていた。

人は忘れていく。

時が流していく。

いいことも悪いことも、平等に。

「ただ、あれほどまでに愛したことだけは忘れない」

吐いた声はまだ白く色づかない。本格的な冬を迎えるのは、もう少し先のこと。眼前に広がる田舎の闇は深く重かったけれど、目を凝らせば星の瞬きを数えることができた。

少し歩くと、商店街にさしかかった。

昼間ですらひと気のない地方都市のアーケードは、夜だと更に静かだ。その静けさは痛いくらいで、肌が妙にひりついてしまう。錆《さ》びついたシャッターは眠る瞳のように固く閉じられている。朝がきても開くことはないままに。

一昨年より去年、去年より今年。

その数は増えていく一方。

きっと来年はもっと増えていくだろう。

もしこの商店街が一つの生き物だとしたら、わたしの目には黄色く映るに違いない。

市役所や青年会、商工会なんかが一丸となって懸命に頑張っているけれど、衰退の勢いは強く激しく、止められなかった。

もちろん、わたしにも。

ふと、長年のご愛顧ありがとうございました、なんて書かれた茶色く褪せた紙が貼られているガラスに映る自分の姿が目に入る。

ちょんちょん、と乱れていた前髪を整えた。

ゴローさんの件が一通り落ち着いてから、わたしは夜にこっそり家を抜け出すようになった。ちょっとコンビニまでなんて雰囲気を作っているものの、選んだ服はどれもお気に入りの奴ばかりで、そこに少しの期待を差し込んでいることは一目瞭然だ。お風呂に入ったのに、薄いメイクまでし直す始末。

まあ、そうなのだ。

自分の心だけはどうあっても騙《だま》せない。

わたしはもう一度、春風くんに会いたかった。

ただ、わたしが彼について知っていることってほとんどない。

あの夜の出会いが全てで、あの夜は一方的に慰めてもらっただけ。

連絡先の交換もしなかったから、名前と年齢、夜の散歩が好きだという情報が手持ちの全て。ああ、それと人には言えないけれど、彼の纏う命だけが無色透明だということもか。これはでも、手掛かりに成り得ないから除外の方向かな。

そんなわけで、とりあえず深夜の徘徊《はいかい》を始めたわけなのだけれど連敗が続いていた。

五日掛けて成果なし。

春風くんと出会ってから、あっという間に一週間が過ぎてしまった。

むう、今晩も駄目だったか。

とはいえ、完全な無駄足というわけでもなかった。春風くんのことはわからないままだけれど、彼の言っていた言葉の意味が少しだけわかるようになったから。

夜って愉快だ。

真っ暗で、一見なにを考えているのかわからないけれど、えいやっと飛び込んでみると夜には夜だけの魅力が溢れていた。

車のない真《ま》っ新《さら》な県道。ぽつんと灯《とも》るコンビニの光。遠く聞こえるバイクが走る音。風の甘い匂い。星や月のワルツ。月の光でも昼間と同じように足元に影ができることを初めて知った。基本的には静かだから草木の擦れる音が響くし、世界を独り占めしているみたいな錯覚に陥られる。

そして生物があまり見当たらないから、命の終わりを直視しなくて済む。

きっと、彼も夜のこういう魅力に憑《と》りつかれたんだろう。

不思議と鼻歌を歌いたい気分になった。

ショートケーキに載ったイチゴのように、陽だまりで眠る子猫のように、夜の町には鼻歌がきっととてもよく似合う。

少しだけ遠回りして、隣町へ続く橋の方まで歩いた。そこで、ふと足が止まる。幅の広い一級河川を股下に流している橋の上に、人影が一つ。

あ、と思った。

わたしが見間違うはずがない。

命を纏わない無色透明な、ありのままのあの色を。

どうしてだろう。

世界って不思議だ。それから、とても意地悪だ。ものすごく欲しかったり、一生懸命探したりしている時は絶対に見つからないものが、諦めた途端に目の前に現れるんだから。サプライズ上手なんて言い方は、綺麗すぎるかな。

ぼうっと立ち尽くしていると、視線に気付いたのか人影がこちらを向く。

不意にあの日の彼の言葉が耳の奥でリフレインした。

『夜ってすごく愉快だよ。それにほら、こんな素敵な出会いだってある』

本当にそうだね。

夜に紛れるようにひっそりと、彼に近付いていく。そんな遠い距離じゃない。一歩進むと、薄闇の中で彼の輪郭が浮かび上がった。二歩進むと、驚いた顔が見えた。三歩進むと、声が届く。四歩進むと、触れられるくらい近くに春風くんがいた。

会話の入り口に、とても在り来りな言葉を選んだ。

「こんばんは」

「こんばんは。……あなた、なにをしているわけ？」

あれ、ちょっと険しい顔をしているのはどうしてだろう。

怒っている？

いや、戸惑っているって感じかな。

春風くんを探していたんです、もう一度会いたかったんです、と答えるつもりだったのに、何故《なぜ》かその言葉が急に喉に貼りつき詰まってしまった。

んん、と喉を鳴らす。

代わりの言葉がぽろりと零れた。

「夜の散歩です。春風くんもでしょう？」

「僕はそうだけど。ねえ、もう帰ったら？」

思ってもみない言葉だった。

警察とか、先生とか、そういう大人たちに言われる覚悟はあったけれど、他でもない彼だけはそんなことを言わないのだと、わたしは勝手に信じていた。

「こんな時間に女の子が一人で危ないだろう」

「この前は、そんなこと言わなかったのに」

「あの日は特別って言ったじゃない。あなた、とても悲しそうにしてたから。だけど、今日は違う。散歩なら昼にすればいい。子供は寝る時間だ」

「子供って。春風くんだってわたしと一つしか変わらないのに」

「僕は男だもの」

「男女差別じゃないですか」

「そうは言っても、変な人も本当に多いんだ。危険だろう」

困ったようにひそめた眉や声のトーンで、春風くんが本気で心配してくれているのは痛いほどわかった。実際に、夜には危険も多いのだろう。わかっている。

それでもわたしは、もう一度彼に会いたかったこととか、お礼を言いたかったこととか、そういうのを全部否定された気持ちになってしまった。

少しくらい気にかけてくれてもいいじゃない。

再会を喜んでくれてもいいじゃない。

奥底から絶え間なく湧き上がってくる悲しみを、今度は必死に繋《つな》ぎ止める。ぶつけちゃ駄目。我慢しなくちゃ。だって、これはひどく自分勝手な気持ちだもの。わたしは自分本位の考え方をするけれど、自分勝手には振る舞わない。

十一歳の若ちゃんとした約束。

ただ、それは強烈な痛みを伴う行為で。

「う、ううう、うー、うー」

歯を食いしばって唇を閉じても、溢れてくるなにかを完璧に堰き止めるのは難しい。

想いが熱を宿して溶けて、雫になって頬を濡らす。

ああ、どうして彼の前だと、こんなにも簡単に感情を発露してしまうのかな。

ぼろぼろと零れてしまう。

「うー、って小さな子みたいに唸《うな》らない。大体、泣くようなことじゃないだろう?」

「泣いてないです」

「泣いてるじゃないか」

「泣いてない」

「意地っ張り」

「泣いて、ないもの」

「ああ、もう。あなたは泣き虫だな」

彼の声が耳元で響くのと同時に、体が温かなもので包まれていた。知っている感触。知っている温度。知っている匂い。

抱きしめられたと気付いたのは、強い鼓動を感じてから。

知っている音。

ドクン、ドクン。

若ちゃんのものよりもずっとずっと強い。

ドクン、ドクン。

男の子だからかな。

ドクン、ドクン。

「僕は涙が苦手なんだ。だから、早く泣きやんでほしい」

「うん。ごめんなさい」

「ああ、ようやく素直になった」

春風くんが笑うと、体もまた反応して微かに揺れた。

彼の想いとは裏腹に、わたしはもう少しだけこのままでいたいと願っていた。この音を聞いていたい。浸っていたい。

目覚まし時計に起こされる冬の朝みたいに希《こいねが》う。

もうちょっと、あと少しだけって。

ごめんなさい、若ちゃん。

もしかしたら、わたしはもう自分勝手な女の子になっているのかもしれない。


涙を流すと目が痛くなって、心が軽くなって、それからひどくお腹が空いた。わたしの意思に反して、くうと鳴る。人の体というものはそういう風にできている。空気を読まないというか。

どれだけの悲しみの中にあっても生きている限り、お腹は空くし、眠くなる。

「お腹、空いてるの？」

泣きやんだ途端に鳴きやまなくなったお腹を丸め、顔を耳の先まで赤くするわたしに春風くんは続けた。

「しょうがないな。よし、わかった。世界で一番美味しいものでもご馳走してあげよう。ついておいで」

そうして彼が手を引いて連れてきてくれたのが、コンビニだった。

特別でもなんでもない、普通のチェーン店。

こんな時間だし、五つ星レストランが開いているわけもない。というか、この町にそんなものはそもそも存在しない。ファミレスがせいぜいって感じだ。

「コンビニにそんな美味しいものが売っているんですか？」

「夜ふかし族限定のスペシャルメニューなんだ」

「なんですか、その夜ふかし族って」

「僕やあなたみたいな人のことだよ」

レジにいる二十歳過ぎくらいのお兄さんが、わたしたちを一瞥して、いらっしゃいっせー、と覇気のない声で呟いた。注意されるかもしれないとドキドキしていたものの、特にそんな様子はなかった。

案外と、人は人に対して無関心なのだろう。

どれが食べたい、と尋ねられたのはカップラーメンコーナーの前でのこと。

こんな時間にラーメンなんて。

肌とか、髪とか、タプタプと揺れるであろうお腹周りのこととか。

いろんな不安が一気に頭を駆け巡ったけれど、わたしは大人しく棚の中からしょうゆラーメンを一つ手に取った。まあ、ここ数日、毎晩歩き回っていたわけだし。

一日くらいいいよね。

美容の神様だって大目に見てくれるだろう。くれるといいな。明日の朝ご飯は抜きますから、どうか見逃してください。お願いします。

春風くんは、味噌《みそ》ラーメンを選んでいた。

「それでいいの？」

「はい」

頷いたわたしの手からひょいっとカップを取った春風くんが、そのままレジに向かう。

わたしは慌ててその背中を追いかけた。

「待って。待ってください。今回はわたしが払いますから。あの、春風くんの分も」

「いいよ。僕が誘ったわけだし。大した金額でもないもの」

「駄目ですよ。この前もご馳走になったのに」

「本当にね、大丈夫だから。今、ちょっと使い道のないお金が纏まって手元にあるから、こうして使い道を与えてもらって助かるくらいさ」

と、わたしたちのやり取りを前にした店員のお兄さんが目を細めて、どうするんですか、みたいな無言の圧力を放っていた。こっちはどっちでもいいんだけど、早くして。

そんな想いがたっぷり込められた視線を真正面から受けてしまい、思わず固まってしまったわたしをよそに、春風くんが早々に支払いを終えてしまう。

「ああっ」

「そんな悲愴《ひそう》な声を出さなくても」

「だって、また」

本当は今日、お礼を言うつもりだったのに。

借りばかりが増えていく。

「あなたはとても面白いな。見ていて飽きない」

くつくつと笑う春風くんに、体の真ん中が不意にくすぐったくなった。

閉じた蓋の隙間から、湯気が雲を目指してのぼっている。わたしたちを常に地球の中心へと縛りつけている強い力に歯向かうように。

けれど、目標には届かず、湯気は途中で大気の中へ溶けていった。コンビニの淡い光を受けて輝いていたその水蒸気は、空までいけずとも美しく見えた。

ただ、湯気は目に見えなくなっただけで、今この時も空を目指しているのだろう。

なにかで読んだ記憶がある。

蒸発した水が雨となり地上に戻ってくるまでに、八十年ほどかかるらしい。嘘か本当かはわからないけど、わたしは八十年先まで生きているのかな。もし生きていたとして、八十年という途方もない月日の果てに、ほんのりカップラーメンの気配がする雨の匂いに導かれて今日のことを思い出したりするのだろうか。思い出せたら、愉快だけれど。

てっきりイートインコーナーで食べると思っていたのに、お湯を注いでもらったカップを手に春風くんはそのまま外へ出てしまった。

「ここ、イートインがありますよ」

気付いていないのかもしれないと思い、一応教えてあげたけれど、彼はいたずらをしかける子供に似た強い輝きを目に宿して、その光にわたしを映した。

「あなたはまだ夜遊びの素晴らしさを知らないらしい。こっちにおいで」

そんなわけで、わたしたちはコンビニの駐車場に並んで座っていた。

春風くんが左後輪の車止めに、わたしが右後輪の車止めに腰を下ろしている。

「これがこの世界で一番美味しいスペシャルメニューなんですか？」

そういえば、クラスの男の子たちにとって最高の食事とは、味が濃くて、量があって、安価な料理であるらしい。教室のざわめきの中で、いつか、そんなことを聞いた気がする。大人びて見えるものの、春風くんもまた男子高校生だということかもしれない。

「まあまあ、食べてみればわかるから」

「何度も食べたことありますけど」

「そう？」

彼は自信満々だった。

三分の待ち時間に、わたしはゴローさんについて報告した。火葬をしたということを話すと、春風くんは興味深そうに耳を傾けてくれた。

「へえ。そんなサービスがあるんだ」

「いろんな会社がやってるみたいですよ。あ、春風くんの家にいる動物はなんですか？」

「え？　僕は動物と暮らしてないけれど」

「あれ？　違いましたか？」

「一度もないな」

「おかしいな」

「どうしてそう思ったのか、教えてもらっていい？」

簡単なことだった。

動物と暮らしていない子は、家庭にいる犬や猫をペットと呼ぶ。

ご飯を餌と言うし、寄り添い過ごすことを飼うと表現する。

別に悪いことじゃない。一般的にそう呼ばれていることは知っている。そこに文句をつけるつもりは決してない。否定しない。

だから、わたしがそんな風に言えないことも許してほしい。ゴローさんのことをペットとか、食事のことを餌だとか、そう称することにわたしは抵抗感を覚えてしまう。

感覚、というか価値観の違いかな。

葬儀をあげることすら、不思議がる人だっていると聞く。

春風くんは決してペットとも餌とも飼うとも口にせず、葬儀にだって興味を持っていたから同じ類の人間だと思ったということだった。

「なるほど。それで僕のことを同志だと考えたわけだ。違って、ごめん。僕はあなたほど、動物に思い入れはないよ」

「じゃあ、どうして」

「ゴローさんの死を前にあんなにたくさんの涙を流すあなたを見て、あなたにとってとても大切な家族だったんだろうなって感じただけのことなんだ。とても綺麗な涙だったから、それに敬意を表したわけ。でも今の話を聞いて、あなたの気持ちもまた少しは理解できたつもりではあるよ。たとえば、僕には弟が一人いるけれど、あいつの食事を餌って言われたら、やっぱり嫌な気持ちになるもの」

当たり前のことのように春風くんは口にするけれど、果たしてどれだけの人がこれほど素直に他人の想いを尊重できるだろうか。

再び、だけどさっきよりもはっきりした強さで体の真ん中がくすぐったくなった。

「なんだかズルいなあ」

「だから謝ったじゃないか」

「ううん。違くて。そういうところが、なんですけど」

「そういうところって？」

「そういうところはそういうところですよ。わかってないところがズルいんです」

「……ええっと、あなた、大丈夫？」

ちょっと本気の声だった。

「失礼なっ」

「お、三分経ったみたいだ。食べよう」

ぐわっと叫ぶわたしを華麗に無視して春風くんが蓋を捲る。一人で怒っているのが虚《むな》しくなって彼に倣うと、冷たさで強張《こわば》っていた顔に、ふわっと温かな匂いがかかった。

春風くんはお箸で、わたしはフォークで、それぞれ麺を口に運ぶ。音を立てて食べるのが美味しいのに、なんて言われたけれど男の人の前で啜るのは流石に恥ずかしい。

食べ慣れたはずの麺を一口。

「あ、美味しい」

思わず、言っていた。

ちょっとびっくりするくらい、それは特別な味がした。ううん、そうじゃないか。味自体は正直、いつもと変わらない。きっと違うのは気持ちの方。いつもの何倍も美味しいと感じている。

やがて、気付く。

寒い夜の、コンビニの端っこで、隠れるように食べているからだと。

あるいは、彼と二人きりだから。

芯まで冷え切った体にしょうゆ味の熱が染み込んでいく。すぐにもう一口。隣では春風くんが、ずぞぞと美味しそうな音を立てて麺を啜っていた。

思わず目を瞑《つぶ》り、耳を傾けてしまう。

どうして誰かがラーメンを食べている音って、こんなにも美味しそうに聞こえるんだろう。食欲が掻《か》き立《た》てられるんだろう。

猫舌のわたしは、何度も息を吹きかけて注意深くラーメンを食べ続けた。

五分くらいで至福の時間は終わってしまった。お腹がポカポカして、体中にエネルギーが満ちていた。それから、ほんの少しの眠気。

スープが半分だけ残ったカップを前に、手を合わせる。

「ご馳走様《ちそうさま》でした。これは中々味わえない禁断の味ですね」

世界で一番は言いすぎですけど、と付け加えておくのは忘れない。まあ、二番目とか三番目には入れてもいいかもしれない。

「手厳しい」

「でも、またいつか食べたいです」

「こんなことを頻繁にしていると太るよ」

「だから、またいつかって言ったじゃないですか」

「何度も言うけれど、夜ふかしはやめておきなさい。危ないから」

「夜がこんなに楽しいことを教えてくれたのは春風くんなのに？」

「それはズルくないか？」

「なにがですか？」

「それもズルい」

「それって？」

「それというのはそれだよ。わかってないふりをしているところがズルい」

ついさっき、この世界のどこかで誰かがしていたのと同じような会話劇を繰り広げる。

「ふりって？」

「へたくそな演技だ」

「だけど本当のことですよ。春風くんと出会ったから、夜を好きになったんです」

春風くんの目が、なにかを探るようにわたしを覗く。その測るような視線の強さや真っ直ぐさに心が疼《うず》く。痛くて、切なくて、寂しくて、苦い。だというのに、とびきり甘い。なんて、矛盾しているだろうか。

けれど、痛みも喜びも、この時ばかりはわたしの胸の内に同居していた。

わたしはまだ、芽吹き始めた感情の名前を知らない。

しばらくして、降参とばかりに彼が手を上げた。

「金曜日の夜でいいなら、僕が付き合うよ。代わりに他の時間は諦めなさい」

「いいんですか？」

「まあ、あなたといるのは楽しいから」

「やった。約束ですよ。やっぱりなしとかも駄目です」

「はいはい」

週に一度、夜の間だけデートする遊び友達ができたことに、この時のわたしは浮かれていた。だから碌に考えることをしなかった。

あるいは、無意識に避けていたのかもしれない。

『人間は自然の中で最も弱いひと茎の葦《あし》にすぎない。だが、それは考える葦である』

そう謳《うた》ったのは、フランスの思想家であるパスカルだったっけ。

彼の代表作『パンセ』の一節。

考える力こそが人の尊厳だと、彼は言った。

逆に言えば、考えることをやめた時、人は葦に等しい弱い生き物になってしまう。

もちろん、考えたからといって二人の物語の結末が劇的に変わるわけじゃない。それでも、もしかしたら春風くんの気持ちを少しでも軽くできたのかもしれない。

彼がこの時、決めていた覚悟。

秘めていた想い。

秘密。

わたしは都合のいい夢から目を背け、きちんと現実と向き合うべきだった。


——無色透明な君。


命の色が溢れるこの世界で、たった一人だけ色を持たないということがどういうことなのか。その理由と、わたしはもっともっと真剣に向き合うべきだった。

後悔は、その漢字が示す通りの感情だ。

ああ、嫌だな。

いつだって、終わった後でしかできないんだから。

第二章　無色透明の秘密

「じゃあ、あなたは敬語を使わずに話しやすい言葉で話してくれないか？」

いつまでもわたしのことを〝あなた〟とだけ呼ぶ春風くんに、たまには名前で呼んでほしいとお願いすると交換条件を出されてしまった。

とはいっても、それはわたしばかりが得をするような取引だったのだけれど。

「どうして？」

「いつも緊張しているような響きになっているから」

「緊張、しているように聞こえます？」

「聞こえるね、とても」

「それなら、普通に話します。じゃなかった。話すね」

「ん。硬さが取れて自然になった。よろしく、六華」

彼の声で初めてなぞられたわたしの名前は、不思議な響きがした。

お父さんとかお母さんとか若ちゃんとか友達に先輩、学校の先生。これまで数え切れないくらいたくさんの声で彩られた名前なのに、春風くんの呼ぶ〝六華〟だけが違って聞こえた。彼の〝六華〟は特別だった。

甘く痺《しび》れるというか。

体の芯が疼くというか。

いつもより強く揺れる鼓動をシャツの上からきゅっと手のひらで押さえつけながら、夜の町を春風くんと並んで歩いていく。彼の方がいくらか背が高いから、わたしの目線は彼の肩くらいしかない。見えているものは全然違うのだろう。ああ、クオリアという概念で考えれば、誰もが違った世界をそれぞれの〝感じ〟で捉えているんだっけ。

ふと、春風くんの見ている景色を見てみたいな、と思った。彼の目は、この世界をどんなクオリアで満たしているのだろう。性格と同じくらい眼差しも優しいのかな。

こんな風に誰かのことを想うのは、生まれて初めてのことだった。

「今日はどこにいくの？」

「時に六華は映画って好きかな？」

「ヒット作を友達とたまに見にいくくらい」

「つまり、あまり好きじゃないってことか」

「ううん。嫌いじゃないってことだよ」

「それなら、今日は映画を見にいこうと思うんだけどどうだろう」

「映画って……。この時間だとレイトショーも終わってるんじゃない？」

スマホの待ち受け画面の表示は、数分前から土曜日に変わっていた。都会の方だと、オールナイト上映とかミッドナイトショーとか、この時間からでも見られるものが存在するって聞いたことはあるけれど、生憎《あいにく》ここは地方都市のベッドタウン。

そんな大きなシアターは存在しない。

「ああ、違う違う。第一、映画館だとそもそもチケットを売ってもらえない可能性が高いだろう」

「だったら、どこで見るわけ？」

「夜には夜だけの面白い場所がいくつもあるのさ」

よくわからないまま春風くんについていくと、彼は町の中心部からどんどん離れていった。訓練された憲兵さんみたいに等間隔に立った電柱の街灯が、ぽつりぽつりと夜の中に浮かんでいる。進むたびに、影が長さや濃さや位置や数すらも変えていった。

足をぐんと伸ばして、春風くんより一歩か二歩、先に出る。

すると、前に伸びた二つの影の頭の部分が同じ位置に並ぶ。わたしがうんと背伸びをしても彼と並ぶのは難しいけれど、影だったらこんなにも容易《たやす》く並ぶことができる。

「六華、そっちじゃない。ここを曲がるんだ。どこにいくつもり？」

「あ、そうなんだ。ごめん」

わたしは慌てて、彼の背を追った。

そしてわたしたちが辿り着いたのは、町の端にあるなんの変哲もないアパートだった。

春風くんは特に気にした風もなく、外階段をさっさとのぼって二階の一番奥の部屋へ。友達の家に遊びにいくような気軽さで、チャイムを鳴らした。

「わ、こんな時間に迷惑じゃない？」

「大丈夫大丈夫。あの人も、どちらかといえば夜の住人だから」

しばらくすると、ドタドタと慌ただしい足音が大きくなってドアが開いた。出てきたのは、熊みたいな大きな体をした男の人だった。いや、まあ、熊なんて実際に見たことないんだけどね。イメージというか。

縦にも横にも、とりあえず大きいのだ。

伸びた無精ひげはチクチクと硬そうな印象。長く伸びた髪を後ろで結んでいて、やっぱり伸びている前髪の隙間から、ビー玉みたいに綺麗な瞳が覗いている。

年齢はいくつくらいだろう。

風貌ははっきりいって三十すぎなのだけれど、その目は子供みたいな輝きを放っている。ちっとも褪せていないというか。大人は普通、あんな目をしない。いや、できないのかな。いろんなことを、本当にいろんなことを知って変わっていくから。たとえば、世界は思っているよりずっと窮屈で、意地悪なこととか。

「おお、歩じゃないか。なんだよ、おい。久しぶりだな。もっと遊びにこいよ」

その年齢不詳の男の人を、春風くんは〝カントク〟と呼んだ。

「カントクは自称映画監督の無職なんだ」

「おい、無職じゃねえ。フリーターだ。紹介するならきちんとしろよ」

「あ、自称映画監督ってところはいいんだ」

「今のところ、言い返せねえからな。悔しいが、それが現実だ」

年上の人と話す春風くんは、いつもより少し子供っぽく見えて新鮮だった。

「ちっ。おら、もういいからさっさと入れ。寒いだろ」

「失礼します。今日はなにを見ていたの？」

「ちょうどさっき『ビフォア・ミッドナイト』が終わったところだ」

「ああ、『ビフォア』シリーズを流したんだ。名作だよね。僕は在り来りかもしれないけどやっぱり『サンライズ』が一番好きだな」

「俺は『サンセット』を推すぞ。画《え》の美しさがダンチだからな。『ミッドナイト』のよさを理解するには、俺たちはまだ若すぎるか。人生経験が足りてねえんだよな。だけど、それがまた素晴らしいんだ。一生を掛けて、何度も楽しめる名作ってことだろう」

「六華、そこに段差があるから気をつけて」

「うん、ありがとう」

なんでもない風に出された春風くんの手を握る。

会話をしていても、わたしを気にかけてくれていることが伝わってきて嬉しい。ぐいっと引っ張ってくれる強引さも、男の子って感じがして悪くない。ほんと、悪くない。

カントクさんの大きな背を追って、明かりの点いていない薄暗い廊下を進んでいく。

「ねえ、春風くん。わたし、お邪魔だった？」

「どうして？」

「カントクさん、わたしと一度もまともに目を合わせてくれないから」

もしかしたら、映画について全然詳しくないことを早速見抜かれたのかもしれない。

春風くんはくつくつと笑った。大丈夫だよ、なんて囁《ささや》かれる。カントク、あんな風貌しているのに初心《うぶ》なんだ。初対面の女の子との距離の詰め方がわからないだけさ、と。

「それに、僕みたいに中途半端な映画好きより本来は六華みたいな子の為にこの会はあるんだから、むしろ喜んでると思うな」

通された十畳ほどの部屋には、カントクさん以外にもたくさんの人がいた。そして一目だけでは、彼らの共通項は見つけられない。

性別も、年齢も、多分、国籍すらバラバラだ。

まだランドセルが似合いそうな小さい女の子が、ソファの上ですやすやと寝息をたてている。傍では若ちゃんより少し年上っぽい綺麗なお姉さんがにこにこと笑っていた。

床にお酒やらおつまみを広げているのは、ふさふさの白髪が立派なおじいさん。本来の肌の色が日に焼けもっと赤黒くなっている精悍《せいかん》な体つきの男の人は、半額シールの貼られたコンビニ弁当を食べている。体を丸めてカーテンに寄りかかっている少年は、わたしより一つか二つ下だろう。眠いのか、元来のものなのか、鋭い目つきをしていた。目が合ったから頭を下げると、ふいっと視線を逸らされる。

アパートの一部屋は廊下に負けないくらい薄暗く、中心には小型のプロジェクター。うっすらした光が伸びて、その先にあるスクリーンにやっぱり淡い像を結んでいる。DVDのメニュー画面だろう、きっと。

本当に一体、なんの集まりなのか。

誰もが口を閉ざしているし。

「えっと、みなさんはなにをしているの？」

「見ての通り、映画を楽しんでいるんだ」

戸惑っているわたしを部屋の奥へと引き連れていく春風くんが、にやりと笑う。

「ここは夜ふかし族限定のスペシャルな映画館さ」

移動中、繋がったままのわたしと春風くんの手が微かな光に濡れた。そんな手の甲の上にボヤけて歪んでいたけれど、真夜中を意味する〝ミッドナイト〟の文字が滲んだ。まるで夜ふかし族の証みたいに焼き付くように輝いている。

『ビフォア・ミッドナイト』のディスクを取り出したカントクさんが、壁一面を覆い尽くしているDVDの棚から次に選んだのは『ア・ゴースト・ストーリー』という映画だった。ジャケットには、目のあたりをくり抜いた白いシーツを頭から被《かぶ》っただけの――まるで幼稚園児がハロウィンでやるみたいな――安っぽい幽霊が載っていた。

タイトルや可愛らしくも異様な不気味さを放つシーツおばけの印象からホラー映画なのかな、と身構えていたけれど怖い話ではなかった。

アメリカの郊外に建つ白い家。そこに住む若い夫婦の平凡で幸福な生活は、夫の不慮の事故によって幕を閉じた。悲しみに暮れた妻は、病院で彼に白いシーツを被せ別れを告げる。すると、驚くことに夫の遺体がそのシーツを被ったまま妻を追うように自宅へ帰ってきたのだった。シーツ男はもちろん幽霊で、妻は彼が傍にいるのに気付かない。だって、見えないから。幽霊は無色透明だなんて、子供だって知っていること。

そこから、シーツおばけの悠久の物語が始まる。

約九十分の物語は、中々に難解だった。

ハリウッドのやたらとお金をかけたアクションやわかりやすいハッピーエンドとは違う。純文学の小説を読んだ後のような、それでも残るなにかがあった。

ただ、そのなにかを言葉にするのはひどく難しい。

想いや思考は、完全に理解しないと言葉にならない。

映画に詳しいのであろうカントクさんや春風くんは上映会が終わった後、熱心に感想や考察を言い合っていたけれど、わたしにはそこまでの教養はなかった。

途中、春風くんに感想を求められたわたしは、印象的なシーンとして悲しみに暮れる妻役の女優さんが床に座って黙々と延々とパイを貪り続けるシーンを上げた。彼女は手摑みでガツガツとパイを口に運んだ。時に吐き出しながらも食べ続けた。涙を流しながら、胃に運び続ける。決して上品な食事ではなく、むしろ下品な部類だろう。ただ、そこには確かな苦しみと悲しみ、生きるということへの原始的な欲求が映し出されていた。

どれだけの絶望の中にいてさえ、お腹は空く。

そして、人は食事をする。

明日を生きる為に。

空白を埋めるように。

——足搔いていく。

一種のイニシエーションなのかもしれない。

真夜中の上映会はその後、『ギフテッド』、『テネット』と夜が明けるまで続いた。

今日見た三作の内だと、『ギフテッド』が一番わかりやすくて面白かった。少し泣いたし。『テネット』はなにが起きているのかさっぱり理解できずに、途中でやむなくギブアップ。半分くらいは春風くんの肩に頭を預けて寝ていたかもしれない。

気付いた時にはエンドロールが流れていた。

部屋を出る頃には太陽がのぼり始めていて、朝の柔らかな光が今日を照らしていた。

「おっと、そうだった。もうすぐ俺の撮った新作映画を動画サイトにアップするからさ、よかったら見てくれよ」

「カントク、本当に映画を撮ってたんですね」

「歩、てめえ。信じてなかったのか」

「ただの映画好きな変わり者かと」

「ふざけんな。俺はあれよ？　その内、デカい賞とか取る人間だぞ？　そんな監督の初期の名作ってことで十年後には映画通の間で長く語られるようになるから、今の内にチェックしとけ」

「十年後」

ぽつり、と春風くんが呟いた。

その響きはどこか悲しみの色をしていた。

「なんだ？　無理だって言いたいのか？」

「いいえ、そうじゃなくて。……期待して見てもいいんですね？」

春風くんのどこか挑戦的な言葉に、カントクさんは嬉しそうに笑い返した。くしゃっとした表情は、やっぱり子供みたいだった。そんな子供みたいな表情で、カントクさんはこの日初めて、わたしと向き合ってくれた。

一緒に映画を見て、いくらか心の距離が近付いたのかもしれない。

「六華っていったっけか。あんたもよかったら歩と一緒に見てくれないか？　それから、今日が退屈じゃなかったのなら、またおいで」

「六華は『テネット』の途中で寝てたけど」

「ちょっと、春風くん」

小声で抗議しておく。

その通りだけど、わざわざ指摘しなくてもいいじゃない。

「うははは。『テネット』はな、やっぱり難しいよな。俺も五回くらい見てるけど、未だに全容は理解できてないし」

それでもこの人は、これからもずっとそれこそ何回でも、何十回でも、理解できる日がきてもこなくても、同じ映画を見続けるんだろうな、と思った。カントクさんの言葉を借りるなら、この映画もまた〝一生を掛けて何度も楽しめる名作〟ってことだから。

「眠れない夜は、また遊びにくるといい。一緒に映画を楽しもうじゃないか」

どこか優しいカントクさんの一言に、わたしは首肯《しゅこう》で答えておいた。

ちっちっちっちちち、と音と音の間にある短い空白を圧迫していくように小鳥が忙しく鳴いていた。バイクが近付き、通り過ぎ、そのまま遠く離れていく。朝の空気は凛《りん》と鈴の音のように澄んでいて、同時にひどく冷たくて、取り込むのに少し難儀した。

体を満たす眠気が、けれどそのおかげでいくらか和らいだのも事実。眠気は優しく温かい、まるで人肌のような温度をしているから。

冷めるとまた、意識が覚めていく。

アパートから離れ、駅へと続く大通りが見え始めた頃、春風くんが教えてくれた。

「あそこは居場所のない人たちの溜《た》まり場《ば》なんだ」

カツンカツン、と靴底がアスファルトをノックする音が響く。わたしと春風くんの、二人分。カツンカツン、カツンカツン。

「親が帰ってこない小学生とか、ＤＶ彼氏から抜け出せないＯＬ。身寄りのない老人や同郷の仲間がいない異国の就業者、不登校の中学生。それだけじゃない。いろんなものを抱えて、どうしようもなくなっている人はもっとたくさんいる。そういう人間にとって、夜って苦痛な時間なんだ。眠ることのできない一人の夜は、ひどく長い」

「春風くんはどこでカントクさんと知り合ったの？」

「一年くらい前になるかな。いつもみたいに散歩をしていた時に声をかけられて。人間なんて不完全で、どこかおかしい生き物だけど、やっぱり夜に出歩く人はその中でも更になにか重い荷物を抱えているんだよ。出会った時の六華みたいに」

確かにそうだった。わたしもゴローさんの死を抱えきれなくって、家に居場所がなくて、一人夜の公園で佇《たたず》んでいた。

でも、じゃあ、春風くんもなにか重い荷物を抱えているのだろうか。

わたしの疑問の視線が頰に突き刺さると、彼はさっきカントクさんと話していた時に一瞬だけ垣間見せた、冬空によく似た灰色の表情を浮かべた。どこか人を寄せつけない排他的な雰囲気に、わたしはそれ以上踏み込むことを躊躇《ちゅうちょ》してしまう。

いつだったか若ちゃんに習った、ルビコン川を渡る、という言葉が思い浮かんだ。ローマの偉い将軍であるカエサルっていう人が、禁を破ってルビコン川に進軍したことに由来するんだとか。後に、その将軍は巨大な帝国の支配者となったらしい。転じて、一線を越える、みたいな意味になったそうだ。覚悟するっていうか、そんな感じ。

今のわたしには、そのルビコン川を渡るだけの強い意志はなかった。

戸惑っていると、二人の間に漂っていた灰色の雰囲気がロウソクの灯みたいにふっと消えていった。

すっかりいつもの雰囲気を取り戻した春風くんが、言葉を継ぐ。

「……もったいないんだって。夜は映画を見るのに最高の時間なのに、それを無為にするのが。なにより、一人ぼっちを感じる夜には物語こそが必要だっていうのがカントクの持論。物語は人を救うんだって豪語していた。だから、みんなで映画を見ようって」

「すごい人だね。中々できることじゃないよ」

「僕もそう思う。まあ、好きな映画の布教活動も兼ねているようだから、流す映画のジャンルにかなり偏りがあるのがネックなんだけどさ」

小さい子もいるんだからもっとジブリとか流せばいいのに、と春風くんが言う。

想像するしかないのだけれど、居場所がないということはとても辛いことなんじゃないだろうか。それこそ、時には明日を望めないくらいに。けれど、少なくとも今日出会った人たちはみんな青色だった。死に手を伸ばしている人はいなかった。

事故や病気、寿命だけじゃない。天気が雨だったたっていうたったそれだけのことで、人という種は衝動的に死んでしまおうとする時がある。

彼らの体は死に惹かれ始めると、黄色に光る。

死の色なんて見えなくても、カントクさんはたくさんの人を救っているのだろう。

誰かが誰かを想う時、泣いてしまうくらい寂しい夜に寄り添う体温がある時、心はふっと軽くなる。世界を回す歯車がカチリと嵌まり、するすると自然に回転していく。

「でも、今日見た映画はどれも面白かったよ。もちろん、難しいお話もあったけど」

「それならよかった。自分の好きなものを誰かに紹介するのって中々緊張するね」

照れたように彼が告げた言葉の意味を理解して、こちらも思わずにやけてしまう。そっか。春風くんは今日、緊張していたのか。そっか、そっか。映画とか、あの空間とかが彼の大事なものなのか。

カントクさんのことだって、実はとても尊敬しているのだろう。

そして、そんな人たちを紹介してくれたということは、つまり。

少しくらいうぬぼれたっていいのかな。

人はどうでもいい相手には、自分の好きなものは教えないと思うのだけれど。

たまらなくなって、わたしは一等強く靴の裏でアスファルトを蹴りつける。気持ちと同じくらいご機嫌な音が響く。ああ、このままスキップしたい気分。でもいきなりスキップなんてしたら、彼にからかわれちゃうかな。

「ねえ、また連れていってくれる？」

「いいよ、あなたが望むなら」

「じゃあ、約束ね」

その言葉でも十分すぎるけれど、なんだか指切りをしておきたいな、と思った。小指の関節が疼いて小さな熱を孕む。

わたしたちを照らす朝日が痛いくらいに眩しくて、微かに目を細めた。

＊＊＊＊＊＊

学校帰りに奈月ちゃんとハンバーガーショップに寄った。チェーンの店舗じゃなくて、所謂《いわゆる》グルメバーガーの専門店。週に一度、奈月ちゃんとこうして寄り道する時間を、わたしは結構、気に入っている。

分厚いベーコンとハニーマスタードが絶妙にマッチする特製ベーコンバーガーを二人で一つ頼んで、わたしはフライドポテトにオリジナルジンジャーエールを、奈月ちゃんはオニオンフライとジャスミンティーをそれぞれ注文した。

わたしはこのお店のフライドポテトが大好きだった。肉厚なウェッジカットなのだ。三日月状の皮つきの奴っていったらわかりやすいだろうか。齧ると、ジャガイモのホクホクした歯触りや素材本来の味を楽しむことができる。

「ちょうど揚げてるタイミングだなんて、あたしたちツイてるわね」

「こういうのを待つのって全然苦にならないから不思議」

「揚げたて、美味しいもの」

「満足感が三倍くらい違ってくるよね」

「五倍じゃない？」

「そうかも」

他愛もない会話ばかりが二人の間に積もっていく。

わたしたちは女子高生で、そういうことを楽しんでいた。会話の内容なんてどうでもいいのだ。数学の小里《こざと》先生が授業にちょっと遅刻したとか。芸能人の不祥事、可愛らしい猫動画、アイドルの新曲。もちろん、フライの美味しさについてだって構わない。

大切なのは、二人で話しているっていうこと。

そうこうしているとあっという間に待ち時間が過ぎて、注文の時に渡されたプラスチック製のカードに書かれた番号が呼ばれた。カードをトレイと引き換えてから、よく使っているシートに腰かける。窓際の一番端。夏は暑いくらいだけど、秋から春にかけては日差しがいい感じに射《さ》し込んで暖かいのだ。

さて、と脱力しつつ手を合わせ、食事への感謝を捧《ささ》げてから、揚げたてのフライが冷めない内に二人でモリモリ食べた。とても美味しかった。いくらでも入りそうだ。

途中、フライドポテトを奈月ちゃんのオニオンフライといくつか交換したりもした。

「あ、玉ねぎの甘さがすごい」

「火加減がちょうどいいのよ。丁寧に処理している証拠」

「知らなかったな」

「六華は一度気に入ったら、そればかりだから」

「だって、フライドポテト美味しいんだもの」

「うん。ここのポテトは美味しいよね。流石にファストフードのお店とは全然違うし」

言って、奈月ちゃんはフォークとナイフを器用に使いベーコンバーガーを半分に切り分けてくれた。食べやすいように、それを更に半分。奈月ちゃんらしい、とても綺麗な所作だった。わたしだとまずこうはならない。同じように学校へ通い、同じような生活習慣で、結構な時間を共有しているのに、この違いはなんなのか。

とはいえ、僻《ひが》んだところでどうこうなる問題でもないから、大人しくジンジャーエールを啜っておいた。甘さ控えめで、どこか上品な辛さが舌を打つ。

きっとこうやって諦めて、奈月ちゃんにいつもお任せしてしまうのが悪いんだろうな。

わかっていても、改善は中々難しい。十七年近く、この性格で生きてきた。今更、そう簡単に変えられるものじゃない。人が変わるには、それなりのきっかけが必要になる。

はい、どうぞ、とわたしのお皿に置かれたハンバーガーを、お礼を告げて手に取った。

「ところでさ。六華、最近、彼氏ができたでしょう?」

「……へ?」

はしたなくも大口を開けて、まさに齧《かぶ》りつこうとしていたタイミングでの不意打ちだったから、ふんわりとしたバンズから零れた特製ソースが手の内側を流れていく。

もうなにしてるの、と奈月ちゃんが手早くペーパータオルで拭いてくれるけれど、そのセリフはこっちのものだ。いや、拭いてくれるのは助かってます。いやいや、そうではなくて。

「できてないけど？」

「嘘。あたしにまで隠さなくていいのに。京香たちと違って茶化したりしないわよ」

「誰とのことを疑ってるわけ？」

「ま、学校の子じゃないのは確かかね。それだとあたしがわからないはずないし。そもそも、あんた、学校だと男の子と接点がほとんどないものね」

「奈月ちゃんの勘違いじゃない？」

それはない、とバッサリ切られてしまう。

「絶対に可愛くなったもの」

「え、えええ。あ、ありがとう？」

だから吐いちゃいなさい、なんてにっこり微笑む奈月ちゃん。しかし、そんな風に迫られても吐けるような事実などわたしにはない。冤罪《えんざい》なんです、裁判長。

「本当にいないから。若ちゃんのこと、奈月ちゃんだって知ってるでしょう」

はっきりきっぱり言い切る。そう、わたしの完全無欠に見える自慢のお姉ちゃん〝藤木若葉〟の唯一の欠点は男運が壊滅的であるということだった。

彼女は所謂恋多き女性で、高校時代だけで二桁の彼氏を作っている。

とはいえ、不純だとか浮気性だとか、そんなことはなく。若ちゃんはその時その時で、きちんと真面目に恋人たちを愛していた。重なっている時期だって一度もない。いつも一方的に好意を持って近付き、そして一方的に去るのは男の子の方。

若ちゃんが優秀なことは誰の目から見ても明らかだった。その輝きは太陽のよう。だからみんなが惹かれ、憧れ、焦がれる。

けれど、太陽を望み、蠟《ろう》でできた翼で羽ばたいたイカロスは最後にどうなっただろう。輝きに届くことはなく、翼は溶け、皮膚は焼かれ、墜落してしまう。

途中で、ふと男の人は気付くのだ。

なんでもできる若ちゃんが傍にいると、自分が惨めになることに。

彼らの臆病さや弱さ、あるいは取るに足らないプライドが、若ちゃんを度々傷つけた。どれだけ優秀でも、まだ十代の女の子でしかなかったのに。大好きな男の子に振られたら、悲しいに決まってる。涙は見せないけれど、たくさん泣いた夜だってあったと思う。

わたしは若ちゃんを傷つける男の人の、弱さや身勝手な残酷さを理解したくなかった。

「このあたりで若姉さんに釣り合う男はいなかったからね。でも、今は別なんじゃない？　流石に東大レベルなら、若姉さんに引け目を感じることもないと思うけど」

「そうだといいけど。というか、今、恋人とかっているのかな」

高校時代、口を酸っぱくして男の子への文句を言っていたせいか、途中から若ちゃんはわたしに彼氏の存在を隠すようになってしまったのだった。

おかげでわたしの中の姉の彼氏履歴は、数年ほど更新されていない。

「また変な男に捕まってませんように。ああ、言ってて心配になってきた。最近の若ちゃん、ちょっと様子がおかしいし」

「なにかあったの？」

「ほら、今、若ちゃん、実家に帰ってきてるって前に話したでしょう？」

「ゴローさんが亡くなってからよね？」

「うん。こっちの友達と連日、遊びにいっててほとんど家にいないの。たまにいても、忙しそうにバタバタしてるし。若ちゃん、家でのんびりするのが好きだったのに」

「大学生なんだから、それくらい普通でしょう」

「そうなのかな。わたしにはわざと予定を詰め込んでるみたいに見えるんだけど。なにかから逃げるみたいに。んー、やっぱりらしくないんだよなあ。余裕がないっていうか。あんな若ちゃん、初めての気がする」

「それは、あれじゃない？　六華がお姉ちゃん離れできてなくて、単に不貞腐《ふてくさ》れて濁った目で見てるだけなんじゃないの？　構ってもらえないから」

むーと唸りつつ、今度こそハンバーガーを齧る。ベーコンは柔らかく、バンズはふわふわで、特製のソースがまた最高に美味しい。ああ、幸せ。

「それよりも今は、シスコン、じゃなかった、六華の話。彼氏がいないことはわかった。じゃあ、好きな男の子とかは？　気になってる子でもいいけど」

尋ねられて、一瞬詰まってしまう。シスコンと揶揄《やゆ》されたせいじゃない。脳裏に、一人の男の子のことがよぎったからだ。

「……いないデスケド」

「なによ、今の間は。絶対に誰かを思い出したでしょう？」

「思い出したけど。でも、そんなんじゃないってば。だって、夢に見てないし」

「は？」

「好きな人って夢に出てくるんでしょう？　わたし、春風くんの夢を見たことないもの。だから、これは恋とは違うと思う」

「ちょっと待って。なによ、その可愛い理由。乙女かっ」

「奈月ちゃんが教えてくれたんじゃない」

「え？　あたし、そんなこと言った？」

「言った。超言った。ものすごく言った」

中学二年の冬だった。

わたしはまだ、あの日の眩しさもむずがゆさも覚えている。

「ものすごくは言ってないと思うけど。うーむ。そっか。そんなことを言ったか。あたしも結構、恋愛に夢見てたのね。恥ずかしい」

「え？　これって恥ずかしいことなの？」

「いいえ、六華はそれでいい」

はっきりきっぱり奈月ちゃんは断言した。

「待って。それってわたしが恥ずかしい子ってことにならないかな？」

「いいじゃない、それで。純なところが六華の魅力よ」

「よくないから。否定して」

とんだ裏切りにあった気分だ。

ぎゃあぎゃあとそれから三十分くらい話――ほぼわたしが騒いでいただけだけど――をして、お店の前で奈月ちゃんと別れた。わたしがむくれたからか、彼女はあれ以上詳しくは聞いてこなかった。

けれども、別れ際に小言だけはしっかりと残していった。

「六華はさ、なにやら難しく考えているみたいだけど、恋なんてその感情を認めるかどうかが全てなんだよ。きっかけなんてなんだっていいわけ。それが中学生のあたしにとっては夢だったたって話。六華には六華のきっかけがあるんじゃない？　もっと柔軟に考えてごらん。あたしには、あんたの手にはもう、答えは握られているように見える」

肩の力を抜いて自然にそんなことを口にする親友は、やっぱりあの頃と同じく大人びて見えた。立ち姿なんか、とても綺麗なんだもの。敵《かな》わないな。

じゃあ、と手を振り遠くなっていく奈月ちゃんの背中を見送ってわたしも踵《きびす》を返《かえ》した。

夜に春風くんと歩いた道を、今は一人で辿《たど》っていく。

もう何度も散歩をしているから、この町の至る場所に彼との思い出が転がっている。

そうそう、ここで待ち合わせをしたことがあった。髪を切ったばかりで、ドキドキしながら彼を待っていた。最初の一言をもらうまで、ずっと緊張していたっけ。

あのお肉屋さんのコロッケが美味しいと教えてもらったな。二人で一緒に食べたことはないけれど、いつか食べられる日がくるといい。それまで我慢だ。きっと春風くんと食べた方が、もっとずっと美味しいから。

たまに抜けているところのある春風くんが、溝に落ちたことがあった。振り返ったら彼の姿がなくてびっくりした。寂しくなった。悲しくなった。その後、たくさん謝ってくれたけど、どうしてか素直に許してあげることができなかった。

本当はわかっている。

奈月ちゃんに言われなくてもわかっていた。

でもこれまでそういう気持ちを持ったことがなかったから、自信がなかったの。ううん、違うな。違う。そうじゃないよね。一度名前をつけてしまって後戻りができなくなるのが、臆病なわたしには怖かっただけ。

流行のラブソングに、誰かの書いた恋愛小説に、昨日読んだ少女漫画に。

わたしはわたしを見つけていたのに。

歩く速度が速くなっていく。つま先で、強く強くアスファルトを蹴りつける。ぐん、と勢いがついて体が前に進む。冷たい風の中に、髪が舞う。吐いた息は熱くて、空気に触れた途端に白く染まる。頬をくすぐり、流れていく。もっと熱い息を吐く。

髪を切った。

彼の反応が気になった。

「は、はっ」

新しい服を買った。

彼の好きな色を選んでいた。

「は、はっ、はぁ」

美味しいものを食べた。

彼にも食べさせたくなった。

「はぁあ、あああ」

綺麗なものを見た。

彼に一番に教えようと思った。

「あー、あー、あー。あああああああ――。もー、もー、もー」

会えたら嬉しい。

いないと寂しい。

そういう気持ちの種から芽生える感情をなんと呼ぶのか。

いつしか、わたしは走り出していた。鼓動に急かされるみたいに、速く強く。もうスキップじゃ抑えられない。体が、気持ちが、わたしのものじゃないみたい。爆発しそうなほど痛いけど、嫌じゃない。全然嫌じゃないの。こんな強い感情が、わたしの中に眠っていたなんて知らなかったよ。

いい加減、認めなくちゃね。


——恋をした。


わたしは、藤木六華は、春風歩くんに恋をしている。

彼に会いたくなった。

今すぐにでも、会いたかった。

顔を上げた先に、一番星がぴかりと輝いている。今日、わたしという宇宙に最初の星が瞬《またた》き出した。あの輝きに向かって思いっきり叫ぶ。

想いは声となり、そして世界を渡っていく。

＊＊＊＊＊

金曜日の夜、いつものように春風くんと会った。世界は昨日までとなに一つ変わっていないはずなのに、恋をする前と後とではその景色は違って見えた。ああ、そうだ。色だ。スマホで撮った写真を加工するように、明るさとかコントラストとか彩度の数字がぐんと高くなっている。指先を動かすよりももっと簡単に、世界が鮮明に輝き出す。

この国では、恋をすることを〝春がくる〟と言い換えるけど、あれは違うな、なんて思う。もっともっと明るいもの。春を通り越して夏という感じ。

わたしは眩《くら》むような季節の中にいる。

この日は河川敷で花火をした。

コンビニに寄ったら、夏に売れ残った手持ち花火が半額で売られていたのだ。

線香花火にススキ花火にスパーク花火。

鮮やかな色合いの光が、火を点けた途端に一息に奔流を始めた。火薬の燃える匂いが立ち込める。つんと鼻を突く煙が、まだずっと子供だった頃の記憶を引き連れてきた。

頭の中に、過去の光景が浮かんで消える。お父さんとお母さんと若ちゃんとゴローさんと庭で花火をした夏の、なんでもない、でも、もう手に入らない幸福な思い出。

スパーク花火に懐かしさと愛《いと》しさを見出《みいだ》していると、さっきまで線香花火をしていた春風くんがひょいっと傍に寄ってきた。

あっ、となにかとんでもない発見でもしたみたいに彼が笑う。

「これさ、あなたみたいだね」

「どういうこと？」

顔を寄せ合い、白や黄色に咲く光を二人で眺めた。

春風くんの顔が光に照らされ、夜の中から浮かび上がっている。どうしてなのか。先週までのわたしは、どうして彼がこんなに近くにいて平気だったのだろう。え？　え？　え？　本当にすごくないか、わたし。そして呆《あき》れるくらい鈍い。これほどまでに強くなった自分の鼓動に気付かないなんて。

心臓の音が春風くんに聞こえてしまわないか心配になった。

「雪の別称だろう、六華って。ほら、火花が雪の結晶のような形をしている」

「う、うん」

「綺麗だ。すごく綺麗」

わかってる。彼が無邪気に綺麗だと言っているのはわたしじゃなくて、花火だということを。だけど、これはズルい。うわーってなるよ。

綺麗、だって。

すごく綺麗なんだって。

勝手に反芻《はんすう》される彼の言葉に顔が一気に赤くなって、それこそ耳の先まで熱くて、そういうことをやっぱり彼に気付かれるのが恥ずかしくて、つい顔を背けてしまう。

でも、本当はちょっとくらい、一ミリとか二ミリとかでいいから気付いてほしい。

心がいくつにも分裂して、それぞれが花火みたいに違う色をもって弾けてしまうから、もういろんなことがキャパオーバーで、落ち着く為にすり足で一歩分の距離を置く。

と、春風くんも一歩分、すすすと追いかけてくる。

「ど、どうしてついてくるの？」

「六華が逃げるから」

「逃げてないデスケド」

「そう？　だったら傍にいたって構わないだろう？」

「は、春風くん。手持ち無沙汰じゃない？」

「いや、あなたが花火をしているのを見ているだけで結構楽しいよ」

絶対にわざとだ。

一体、なんのプレイなの、とか、このドSなんて思ったけれど、それを口にする度胸もなく、わたしはただ首を垂れて、うん、とか細く呟くだけで精一杯だった。それならいいけど、と。好きにして、と。

体がもう、ちっとも思い通りに動かなかった。

仕方なく、一心に花火の先に火を点けていった。そんなわたしの様子を、ただ黙って春風くんは見ていた。どうして君は、そんな優しい目をしてわたしを見るの？　今、なにを考えてる？　聞いてみたい気もしたけれど、やっぱり想いは上手く言葉にならない。わたしも黙って、火薬の弾ける音に耳を傾け続けた。

蓋を開けてみれば、残りの花火は全てわたし一人で火を点けてしまっていた。しっかりと火を消し、ゴミを纏めてから、河川敷を後にする。

季節はこうしている間にも着々と冬の足音を大きくさせていて、吐いた息の白い靄《もや》の向こうにオリオンの輝きが見えた。

ひと際強い光を放っているのはシリウスだろう。

一年の中で一番夜が長い季節が、これからやってくるのだ。

いつものように家の近くまで送ってもらっている途中で、春風くんが首を傾げた。

「六華、もう少しだけ時間ある？」

「え？　大丈夫だけど」

「じゃあ、付き合って」

そんな他愛ない一言に胸が揺れる。恋をすると、幸せの感度って随分と高くなる。彼の声が心に触れるたびに簡単に揺れて、揺られて、あっという間に熱くなる。

「見せたいものがあるんだ」

「いいよ、もちろん」

春風くんの隣でゆらゆらと体を揺らすと、手の甲がこつんとぶつかる。痛みを感じるより先に温もりに包まれる。あ、手を掴まれた。強くて優しい力。わたしも返すように、同じだけの力を込めた。彼の指にこっちの指を絡める。

春風くんの方が歩幅が広いからこうして同じペースで歩くのは大変だけれど、それも最初だけ。いつも彼はそれに気付いて、歩くスピードをゆっくりにしてくれるから。

こんな風にしていたら、どこまでも歩いていける気がした。

ううん、ちょっとだけ違うのかな。

こんな風にして、どこまでも歩いていきたいと思うんだ。


こっちだよ、と手を引かれ坂道を延々と歩いたと思ったら、今度は山の中へ。しかも彼が選んだのは整備済みの歩道ではなく、いわゆる獣道という奴で、そこに躊躇《ためら》うことなく分け入っていく。

深い森、静寂。

乾いた葉が風に揺れて静寂を破る。木々の隙間から漏れる白銀の光がぽつりぽつりと円を描いて落ちる一方で、周りの闇が光との対比で一層濃くなる。

「痛っ」

途中、腕をこちらに伸ばしていた裸の枝が、春風くんの手の甲をひっかいた。一本の線が彼の肌にすっと刻まれ、時間と共にじわじわと赤が滲んでいく。

「大丈夫？」

「平気平気。男だしね。後で洗っておくから。六華はどうもない？」

「うん」

「だったら、いい。もう少しで着くから頑張ろう」

世界にはわたしたち二人だけだった。

二人きりの冒険だ。

けれど、その旅はそれほど時間もかからず終わってしまった。多分、二十分くらい。

ほっとしたような、残念なような。

少し先を歩く春風くんが艶々とした葉を傷ついた方の手で払いのけた瞬間に、視界がぐんと一気に開けた。遮るものがなくなると、強い風が髪を揺らす。

特になにもない空間だった。

なにもないからこそ、全てがあった。

頭上には満天の星、眼下には寝静まった町。

「わ、すごい」

その場所からは、わたしの住む町が一望できた。小さな田舎町だ。電車は三十分に一本だし、商店街は寂れているし、市報を見ると毎年住民の数は減少の一途。

こんな風に少し離れただけで、腕の中にすっぽりと収まってしまう。

ただ、そこはわたしが生まれ、育った町だった。

紛れもない、藤木六華の世界の全てだった。

今ならきっと手を伸ばせば届く。

世界の全て、星々の輝き。

そういったもの、全部、全部。

熱に浮かされたみたいに心を奪われて思わず一歩を踏み出すと、繋がれていた手にぎゅっと力が込められる。

「気をつけなさい。ここは手すりもないから、転ぶと危ない」

「じゃあ、春風くんがしっかり支えていて。わたしを離さないで」

「しょうがないな。それにしても、間に合ったみたいでよかった」

「どういうこと？」

見せたかったのは、この景色ではないのだろうか。

「もう少し待って。そんなに長い時間じゃない」

ひどく甘い声に酔うようにぼうっと夜景を眺めていると、やがて瞳に闇の黒が馴染んでいった。さっきまでは捉えられなかったか細い星の光さえ見えるようになる。

そのまま視線を少し下げると、あれと思った。

星が落ちたみたいに、町の中にぽつりぽつりと光が点《とも》っていったのだ。一つ、二つ、三つ、五つ、十、五十。百。それはあっという間に広がり、満ちていく。

天に星、地にも星。

「ほら、町が目覚めるよ。一日が始まるんだ」

町に光がすっかりと散りばめられた頃、濃紺の空が役目を終えたとばかりに朝とバトンタッチする。目覚めた時にわたしたちが腕を伸ばすように、あるいは重い瞼《まぶた》を開くのと同じように、太陽がゆっくりと群青を押し上げ、世界に朝を塗り始める。空が朝の青を思い出す。白い光が一息に伸びて、地に落ちていた光が呑み込まれ見えなくなった。

ただ、そこにはまだ確かに光は宿っている。

昼の空にだって星々があるように、そのことをわたしはちゃんと知っている。

「面白いだろう。この町って所謂ベッドタウンだから、同じような生活スタイルの家庭が多いんだ。そんな性質のせいだろうね、示し合わせたみたいに一斉に明かりが点く」

「宇宙にいるみたいだった。視界の全てが星空でいっぱいで」

朝の光を受けて、いつものように柔らかく春風くんが微笑む。

突然、これまでよりもっともっと彼が特別に見えた。

「ここも僕のお気に入りの場所の一つなんだ」

「春風くんにはたくさんお気に入りの場所があるのね」

「夜ふかし族も長いから。喜んでもらえたみたいでよかったよ。六華、今日は少し様子がおかしかったから」

「そ、そう？」

「ふとした時、よそよそしいっていうかさ。距離がある感じ」

「だからここに連れてきてくれたんだ」

「機嫌を取っておこうと思って」

「涙ぐましい努力だなあ」

「報われたのなら、結果オーライだろう」

「別に機嫌が悪かったわけじゃないよ」

ただ恥ずかしかっただけなの。どうしたらいいのか、戸惑っていただけなの。幼い微熱のような想いを持て余していただけ。

「じゃあ、あれは一体、なんだったんだ？」

春風くんの瞳が真っ直ぐにわたしを見据える。その深く黒い、まだ人類の誰も到達していないという海の底を注いだような瞳の表面に一人の女の子が映っている。

彼女はわたしだ。

わたしが彼女だ。

だから、わたしは彼女がこれから口にしようとしていることがわかっていた。わかっているのに止められなかった。まだ告げるつもりはなかった想いだというのに、どうしてか。表面張力が限界になったコップに駄目押しの一滴が落ちたような、ひどく自然なことだったからかもしれない。わたしという器から心が溢れた。そんな感じ。

春風くんの瞳の中にいる少女の唇がゆっくりと動く。

「緊張していたの」

「緊張？」

「そう。わたし、春風くんのことが好きになったから」

言って、言い切って、ようやく彼女がわたしに重なった。わたしは自由を取り戻す。

多分、春風くんが一度強く目を瞑ったからだろう。

そうすると、わたしの前からも彼女の姿が消えてしまうから。

繋がれていた手が、不意に離れる。

答えは、声という輪郭を得る前に二人の間を漂う空気でわかってしまった。全てに手が届く、と本当に思ったの。だけど、それは錯覚でしかなかった。

ああ、どうして言ってしまったんだろう。

激しい後悔に、胸が痛い。

今度は春風くんの唇が動こうとしている。きっと、わたしが予感した未来の通りに空気を震わせるはずだ。待って、待って、待ってほしい。

慌てて、わたしは彼の唇に手を押し当てた。

「へ、返事は待ってくれないかな。もうちょっとわたしのことを知ってからとか、駄目かな。チャンス、もらえないかな。そうだ、ほら、連絡先の交換だってまだだし、夜だけじゃなくて昼にだって遊びにいったりとかして。その後で――」

「六華」

優しい声だった。

そんな優しい声で、今、わたしの名前を呼ばないでほしいと願うくらいに。

どんな顔で彼が口にしたのか、想像してしまえるくらいに。

鼻の奥がツンとして、胸の奥から熱いものが溢れてきた。顔を隠すように下を向いて、ぐっと耐える。だって、彼は涙が苦手だから。

「駄目、かなあ」

「そんな風に想ってもらえて、とても嬉しいよ。本当に。嘘じゃない。だけど、僕は誰とも付き合う気はないんだ」

「可能性はないの？　少しも？」

「ごめん」

歪む視界の先に、靴の先っぽが見えた。擦れてすっかりと汚れていた。わたしはこんな風にくたびれた靴が好きだった。奈月ちゃんたちには、わからないとか、女の子失格なんて非難されるけど、重ねた時間や歩いてきた道のりが感じられる靴の方がいい。新しい靴ってなんだか気恥ずかしいもの。

だけど、この時ばかりは後悔した。好きな男の子と会うのならもっと可愛い靴を履いてくればよかった。

それで結果が変わるわけじゃないことは知っていたけど、それでも。

「……帰ろうか」

春風くんの提案に首を横に振る。

さっきまであれほど一緒に歩くことが楽しかったのに、今はもう彼の隣を歩けない。ただ、一人で逃げ出す気力も残っていなかった。

こうしているだけで精一杯だった。

もうすっかり日がのぼっているから、一人でも大丈夫と判断したのだろう。それでもいくらか迷っているようだったけれど、しばらくしてから春風くんは、申し訳なさそうに、じゃあ、また、と呟くように言って去ってくれた。

気が利く彼らしい判断だ。

有り難かった。

彼がこのまま傍にいたら、わたしはいつまで経っても動けなかっただろう。

遠く彼の足音が消えてしまってから、わたしは顔を上げた。太陽の光が朝をキラキラと輝かせていた。わたしの濡れた瞳をも同じようにキラキラと輝かせ、しかし朝は瞳の中で滲んでいた。

〝あした〟とは本来、〝朝〟の漢字で用いられる言葉であるらしい。

けれど、わたしの輝く〝あした〟はもうこない。

去ってしまった。

いや、くる前に終わってしまった。

＊　＊　＊　＊　＊

土曜、日曜と二日間、たっぷり落ち込んでからの月曜日。

それでも未だ悲しみが尾を引いて休み時間のたびに机に突っ伏していると、ひょこひょこと京香ちゃんたちがやってきた。

尚も顔を上げる気配のないわたしに対し、どしたん、と京香ちゃんが口火を切る。

「……男の子に振られた」

「あれ、六華って彼氏いたっけ？」

「いない。いないから好きな人に告白したの」

ほーん、と納得したように京香ちゃんが頷く。

「六華の恋バナって初めてじゃない。で、あんたはどっちなわけ？　悲劇のヒロインぶって悲しみに浸りたい派？　それとも、馬鹿みたいに騒いで忘れたい派？」

「騒ぎたい」

「りょーかい。おーい、六華が傷心してるから、今日の放課後はカラオケいくよー。暇な子は付き合えー」

京香ちゃんの号令に何人かが反応する。

こういう時は奈月ちゃんよりも京香ちゃんの対応の方が受け入れやすい。サバサバしているっていうか。変に優しくないし。

思いっきり慰められると、むしろ惨めになる。

奈月ちゃんだと、ものすごく気を遣われるんだ。

「ま、ま、六華。あんまり気にしないでいいわよ。男なんて掃いて捨てるほどいるんだから。にしても、ようやくあんたもわたしとおんなじステージに立ったのね。ようこそ、失恋組へ」

流石、若ちゃん並みに恋多き女は言うことが違う。

駅前のカラオケボックスで三時間丸々失恋ソングを熱唱して、そのまま京香ちゃんたちとは別れた。一曲に一曲は強制的に歌わされたせいで、喉がひどく痛い。

京香ちゃん曰《いわ》く、そういう宴《うたげ》なのだそう。失恋の痛みはもっとひどい痛みで吹き飛ばすべきだ、なんて豪語していた彼女に、絶対に意味が違うよね、と抗議したかったけれど、最後まで口にする暇すら与えてもらえなかった。

とはいえ、少しすっきりしていたのも事実なわけで。

まだ全部が吹っ切れたわけではないけれど、金曜日に春風くんといつものように笑って会うくらいはできそうだ。

付き合ってくれた友人たちに感謝しながら、ぶらぶらと町を歩く。

スミレ色に染まり始めた夜の入り口にぽつりぽつりと零れるように点っていく街灯が、駅から出てきたＯＬや学生の足元に淡い影を作っていた。誰もが疲れた顔をしていて、急ぎ足。そんな感じでよそ見をしていたら、サラリーマン風の男の人の肩にぶつかった。

謝ったけれど、彼は一瞥だけしてなにも言わずに過ぎていった。

「すみませんでした」

もう一度、そのくたびれた背中に頭を下げる。わたしの声が雑踏に呑み込まれていく。

届いただろうか。振り向かなかったから、それすらわからない。

　ふう、家に帰ろうかな。

　そうしてわき道へ体の向きを転換させたところ、見知った顔がそこに現れたから、ひゅっと喉の奥が鳴った。この町から三駅ほど離れたところにある県内有数の進学校の制服を着て、女の子を含めた数人の仲間たちと歩く彼は、しかし、わたしの知っている姿と全然違っていた。その名前で呼んでいいのかな、なんて躊躇してしまうくらいに。

　あまりにじっと見てしまっていたからだろう、すぐに彼を囲っていた仲間内の一人がこちらに気付いてしまった。慌てて顔を背けたものの、もう逃げられない。

「お、どした？　なにか用？」

「あ、えっと」

　言《い》い淀《よど》んでいると、視線が一つ二つと増えていく。その中には、彼――春風くん――のものもきちんとあった。

　ただ、その眼差しの温度を、わたしは知らない。

　どうしてそんな透明な瞳で、わたしのことを見るんだろう。

「俺に用事？」

「いえ、違くて。その、春風くんに」

「なんだ、あいつか。おい、春風。お前にだってよ」

背中を押されるように、春風くんが前に出てくる。

改めて見ると、本当に違う人のように見える。サラサラの金色の髪はワックスで整えられて逆立っているし、目元もどこかキリッとしている。

それに、なにより——。

「はいはいっと。悪いな、田畑《たばた》。俺ばっかりモテちゃってさ」

「ちいっ。どうして春風ばっかり」

「やっぱ顔かな。んじゃ、俺、この子と話してからいくわ。先にいってくれ」

春風くんがひらっと手を振ると、可愛い女の子が、あーい、と応えた。とても仲がよさそうだった。ハイタッチなんてしてるし。

針を刺したみたいに、ちくりと胸が痛んだ。

「ねえ、君。そいつ、見た目通りに結構遊んでるから、騙されないようにな」

「ほんとほんと。可愛い子にちょっかいかけて弄ぶのが趣味って感じ」

「おい、やめろ。風評被害だ」

「そんなことないって。ほら、加恋《かれん》ちゃんとか」

「あれはさぁ、あっちが悪いだろ」

「いや、五分五分じゃないか？」

「んだんだ。春風だって泣かせてたしさ」

「うっせ。お前ら、超うるせー。さっさといっちまえ」

「春風がキレた。走れ」

がーっと春風くんが怒鳴ると、彼の友人たちは一目散に逃げていった。もちろん、誰も彼もが笑ってた。じゃれあってるというか。気心知れてる感じ。

ああ、姿だけじゃないや。

雰囲気が違う。

言葉遣いだって全然違う。

「さて、待たせちゃったかな。悪い。で、用事って？　デートの予約だと再来週まで予定が詰まってるから、それ以降になるんだがそれでも構わないか？　っと、その前に名前だな。聞いても？」

まるで初対面みたいな反応。

「あの、春風くんだよね？」

「もちろん」

「本当に？」

わたしが首を傾げると、彼もまた首を傾げた。

「それを知ってて、声をかけてきたんじゃないのか？」

「わたし、藤木六華です」

「六華ね」

「六華、だよ？」

「ん？　ああ、わかったよ。六華だろ。覚えた。よろしくな」

すっと差し出された彼の手を、わたしはじっと見るだけで応えることはできなかった。そこには先日、枝で引《ひ》っ掻《か》いてしまってできた傷の痕が残っていた。わたしの心の傷はまだ膿《う》んでいてジクジク痛むけど、彼の傷はきちんとカサブタになっている。

「……どうしてこんな意地悪するの？」

声は、震えていた。

「なんで知らないふりをするわけ？」

「ええっと、どこかで会ったことあったっけ？　すまん。マジで覚えてないんだが」

その一言に、体中の血液が沸騰した。

「っ。わたしが告白したから？　でも最後に、じゃあ、また、って言ってくれたじゃない。もう友達としてさえ見てくれないのっ」

「待て待て待て」

「ひどいじゃない。そんなに好きになったことが迷惑だった？　告白したら駄目だった？　都合の悪い女は嫌い？　だからって全部をなかったことにしなくてもいいでしょう。そんな風に態度を変えなくたっていいでしょう。それともさっきの男の子が言ってたみたいに、本当にわたしをずっとからかってたの？」

「あんた、なにか勘違いをして――」

「知らない」

「おい、六華」

「もうその呼び方でわたしを呼ばないで」

それだけを投げ捨てて、わたしは走り出した。春風くんの声が背中を叩《たた》く。声すらも追いつけないくらいに速く速く走っていく。耳を塞ぐ。失恋した時の何百倍も胸が痛かった。痛かった。痛かった。痛すぎて、泣くことすらできないほど。

叶わなかった恋にも意味はあるのだと、わたしは信じていた。

誰かを好きになるってすごいことだと、誇っていいんだと。

でも、その全てを否定された。それだけじゃない。これまでの彼との時間、彼のくれた言葉、優しさ、思い出。そんなものも、全部全部否定された気分だ。

嬉しかったのにな。恋が実らなかった今でも、あの二人でいた時間や紅茶のように温かくて甘い優しさを宝物みたいに大切に想っていたのに。

「春風くんの馬鹿っ」

呟いた声は誰にも聞こえない。

聞こえないくらい速いスピードで、届かないくらい遠くまで離れてしまったから。

「大体、なにが勘違いよ。どうしてわたしのせいにするわけ？　馬鹿、馬鹿、馬鹿。勘違いっていうなら、そっちの方じゃ——」

冷たい空気を無茶苦茶に取り込んだ肺がキリキリと痛む。耳や鼻もジンジンしていた。その感覚的ではない肉体的な痛みが、急速にわたしの頭を冷やしていった。

……勘違い？

彼は本当にあの春風くんだったのだろうか。

もちろん、確認はしてある。本人も認めたし、彼の周りの友達だってそう呼んでいた。顔も、声も、わたしの知っている春風くんそのものだ。手の甲の傷だって。間違いない。

だけど、わたしに内在するもう一つの瞳が、これまでの彼とは違うものを確かに映していたことも間違いなくて。

〝死色のクオリア〟

今日の春風くんは、無色透明じゃなかった。

初めて夕方に見た彼の姿は、みんなと同じ青色の命に包まれていた。

それが意味することは一体。

いつしか、足は止まっていた。

見上げた空が、瞬《まばた》きの間に夜に沈んでいく。スミレ色はもっと濃い闇に呑み込まれ、春風くんとは違い、昨日と同じ色のままの星の光がそこに瞬いていた。

＊　＊　＊　＊　＊

春風くんとのことを若ちゃんに相談してみたかったけれど、彼女は今日も家にいなかった。同じ屋根の下で生活しているはずなのに、もう数日、姿すら見ていない。

なにか事情を知っているらしいお母さんに聞いても、言葉を濁されるだけだし。

晩ご飯を食べた後、自分の部屋で数学の証明問題に頭を悩ませているとスマホが震えた。表示されていたのは、若ちゃんの名前。

教科書との睨《にら》めっこは継続しつつ、通話ボタンをタップする。

「はい、どうしたの？」

「あー、六華ちゃん？　どうもー、お姉ちゃんだよぉ。元気ぃ？」

「元気だけど」

「そっかぁー、元気かぁー。ぐふふふ。よかったよかった」

アルコール臭がたっぷり漂っているみたいな陽気な声。

「……若ちゃん、酔ってる？」

「酔ってないですぅ」

「酔ってるよね？」

尋ねたところで、男の人の声が割って入ってきた。若葉の妹さん？　と。若ちゃんが、返せー、六華ちゃんとの電話ー、と叫ぶ声がさっきより遠くなって聞こえる。

なんだか小さな子供みたい。

「聞いての通りちょっと飲ませすぎちゃって。こら、若葉。大人しくしなさい。ああ、ごめん。できれば迎えにきてほしいんだけど、頼めないかな？」

すぐにお店の住所をメモして、わたしは外に飛び出した。

二十分くらいかけて、いかにも町の飲み屋さんといった建物の前に辿り着くと、五人くらいの若者がそこにいた。その内の一人は地面に座り込んでいて、彼女の足元には半分ほど残ったミネラルウォーターのペットボトルが転がっている。

もちろん、若ちゃんだった。

「あの、すみません。ご迷惑をおかけしました。若葉の妹です」

頭を下げつつ近付くと、一番親身に若ちゃんの世話をしてくれていた男の人が、こちらこそわざわざすみません、とわたし以上に丁寧に頭を下げてきた。若ちゃんは、目をとろんとさせるばかりで、わたしがきたことに気付いているのか、いないのか。

「本当はタクシーで送ろうかと思ったんだけど、戻しちゃうかもしれないからって運転手に断られてさ。しかも、妹さん呼ばないと帰らないって当の本人が駄々こねるし。おーい、若葉。妹さんきたよ」

「んん？ 六華ちゃん？」

「そう。自慢の妹の六華ちゃん。これでもう帰らないなんて言わないよな？」

「あいあい。帰る」

「じゃあ、僕は若葉を家まで連れていくから、今日はここまでにしておく。また飲もう。連絡する」

おーとか、またなーとかご機嫌に手を振り、顔を赤くした若ちゃんの友達らしき数人が、彼を若ちゃんの元に残してそのまま離れていく。

「いえ、あの、わたし一人で大丈夫ですよ。なんとかしますから」

流石にそこまでしてもらうのは申し訳ない。

もう随分と迷惑をかけたはずだ。

「気にしなくていいよ」

「でも」

「本当に気にしないで。お詫《わ》びも兼ねているんだから。ほら、いこう」

若ちゃんを軽々と背負った男の人が、そのまま歩き出していく。線が細いのに、それでもやっぱり男の人って感じだった。わたしじゃ、絶対に無理だ。せいぜいが肩を貸すくらいだっただろう。

先をいく二人を、わたしは小走りで追いかける。

男の人の名前は、貞文《さだふみ》さんといったらしい。

若ちゃんとは高校の同級生だったらしい。

「やっぱり覚えてないか。一度、テスト勉強を見てあげたこともあったんだけど」

「もしかして若ちゃんと付き合ってました?」

記憶には全くないけど、その言葉の響きで察する。

「正解。その節はごめんね、って謝るのも卑怯《ひきょう》だけどさ。謝らせてよ。お姉さんを勝手に振り回して傷つけてごめん」

ああ、さっき貞文さんが口にしたお詫びとはこのことだったか。

「いえ、恋愛のことなので。どちらか一方が悪いとか、そういうのは」

「フォローありがとう。だけど、気を遣わなくていいんだ。若葉はいつだって完璧で正しかったから、悪いのは僕の方。その眩しさに惹かれたはずなのに、近付くたびに自分の欠点が目につくようになって苦しかった。その欠点すら若葉は許容して包んでくれるから尚更《なおさら》ね。卑屈になって、惨めになって、最後に彼女の想いまで裏切ってしまった」

そう話す貞文さんの背中で、若ちゃんは気持ちよさそうな寝息を立てている。

「そんな完璧な女の子には、今はちっとも見えませんけどね」

「ああ、確かに。詳しくは聞いてないけれど、なにか辛いことがあったんだろう? それこそ、アルコールの力を借りなきゃやってられないようなことがさ」

「そうなんですか？」

「あれ、君も聞いてないんだ。まあ、そんなものかもしれないな。身近な人ほど言えないことってあるもんだし。……今だってガキだけどさ、あの頃はもっとガキだったから見えてなかったんだよな。藤木若葉だって、一人の女の子だってことをさ。傷つけられたら痛いんだよな、普通に泣いたりするんだよな。どうしようもない夜だってあるんだよな。恥ずかしいよ。もっと早く気付けていたら、違う未来があったかもしれない」

「もう一度、若ちゃんと付き合いたいと思いますか？」

「いや、僕にはもう可愛い彼女がいるから。その子を世界で一番幸せにしたいから、そんなことは考えないかな。それに、望んでも若葉は絶対に頷いてくれないだろうし」

「まあ、そうですね」

若ちゃんは別れた相手とも友人関係を続けられる稀有《けう》な人間だった。

男女の友情、肯定派。

たっぷり傷ついてたくさん涙を流すけれど、それとは別に情を残してしまう。

ただ、どれだけ頼まれても復縁することはない。信頼を失うということの、取り返しのつかなさを聡《さと》い彼女はよく知っているから。

それにしても不思議な夜だった。

まさか姉の元カレと話しながら歩くことになるなんて。

それも恋の話だ。

「だけど、世界で五番目とか六番目くらいに若葉が幸せであればいいと願ってるよ」

「結構、上位なんですね」

「別れたけれど、一度惚《ほ》れた女の子っていうのはやっぱり特別なんだ。友達になってもさ、ずっとずっと特別なまま。こういうのって男特有の感傷らしいけど。女性の方が過去の恋愛を引きずらないんだよな」

「いいな、若ちゃんは。そんな風に言ってくれる男の人がいて」

「あははは。きっと君にもすぐそういう男が現れるよ。この世界の、この星の、どこにだって転がっている在り来りな恋の話だから」

特別話が弾んだわけではないけれど、最後まで途切れることもなかった。

クラスの男の子たちとは全然違う。クラスメイトの大半は自分のことばかりを一方的に話すか、あるいは気まずそうに黙り込むかのどちらかだ。こちらの話していることを聞く余裕が圧倒的に足りないんだよね。

そんな風にして我が家に帰り着いたまさにそのタイミングで、若ちゃんが目を覚ました。ぼうっとした瞳でわたしにミネラルウォーターを強請り、ペットボトルを渡すと勢いよく口をつけた。そのまま喉を鳴らして残りの水を飲み干してしまった若ちゃんは、わたしが肩を貸せば自力で立ち上がれるくらいには回復したようだった。

「うー、ありがとね、貞文。助かっちゃった」

「いや、僕も楽しかったから。また飲もう」

「うん」

「無理するなよ。なにかあったら遠慮せず呼んでいいんだからな」

「わかってるってば。貞文はわたしに世界で五番目か六番目に幸せになってほしいんだもんね」

「聞いてたのか」

「わたしも貞文が幸せであればいいと願ってるよ。だからさ、ちゃんと幸せにしてあげるのよ。今の彼女さんを。今度はその手を離さないでさ、最後まで」

「ほんと、敵わないな。若葉には」

最後に、わたしには一度も見せなかったくしゃくしゃの少年みたいな笑みを浮かべて、貞文さんは帰っていった。

言葉に嘘はなく、彼にとって若ちゃんは特別な人なんだろう。

その背中を見送ってから、若ちゃんがこちらに振り向いた。

「六華ちゃんも迎えにきてくれてありがとう」

「どういたしまして。でも、今後は飲みすぎに気をつけるように」

「あいあい。ねえ、六華ちゃん。わたしは今、何色に見える？」

尋ねられたのは、もちろん顔色のことではない。

「ん？　青だよ。心配しなくても大丈夫。急性アルコール中毒で死んじゃうようなことにはならないみたいだから」

「そっか。これだけ酔っても平気なんだ。わたしは」

「お母さんの血を濃く継いでいるんだよ。ほら、お祖父《じい》ちゃんたち、元々九州の人だから。あっちってお酒の強い人が多いんだよね。なんていったっけ、ええっと、生物の授業で習ったんだけどな。なんとか酵素。アセ……？」

「アセトアルデヒド分解酵素ね。その名の通り、悪酔いの原因とされるアセトアルデヒドを分解してくれる酵素のこと。遺伝子が2型アルデヒド脱水素酵素の最も活性的なN型だとお酒が強いって一般的に言われてるわ」

「さすが若ちゃん」

感心してわたしが拍手すると、若ちゃんはどこか自嘲するように薄く笑った。照れではなく、アルコールで頬をピンクに染めていた。

「こんなことばっかり知っていても、ちっとも役には立たないんだけどね」

ふっくらした唇から立ちのぼる小さな声の行方を、わたしたちはなんとなく目で追っていた。その白く凍りついた言葉の向こうに、やけに細くなった月の輝きが滲んでいる。

あの月はこれから満ちていくのか、あるいは欠けていくのだろうか。

＊　＊　＊　＊　＊　＊

放課後、県道へ抜ける交差点に一匹の猫がいた。

まだ小さな体をした子猫だった。

その白い体は黄色を纏っている。わたしは右を見て、左を見て、注意深く道路を渡り猫に近付く。すると、驚いた猫は塀の上に飛び乗った。ふわりとした綺麗な跳躍。重力をまるで感じさせない。見事なものだ。

頭上には青空が広がっていて、その青より少し濃い青がいつしか子猫の体を覆っていた。黄色ではなく青。もう追いかける必要はない。

それを見届けてほっと息を吐くと、さっきまで猫がいた場所をトラックがすごいスピードで駆け抜けていった。風が吹き、制服のスカートがはためいた。トラックも猫もいないアスファルトの上を、車より随分とゆっくり雲の影が流れていく。

たまにこんな風に運命を捻《ね》じ曲《ま》げてみるけれど、一度助けた猫が数日後にここで死んでいたというようなことはこれまで何度かあった。この三差路にはよく猫の轢《れき》死《し》体が転がっているのだ。カーブのない直線に加えて信号だってないから、さっきみたいにドライバーが思いっきりアクセルを踏んでしまうせい。

市役所に勤めている従兄の祐樹《ゆうき》くんが言ってたっけ。

『全くさ、嫌になるよ。ほら、いつもの交差点。あそこでまた猫が轢《ひ》かれていた。通報があったんで回収にいったんだけど、もうぐちゃぐちゃでさ』

『市の職員ってそんなことまでするんだ』

『あそこは市の管轄だからな』

『それでその猫ってどうするの？　ちゃんと弔うの？』

いや、と少し言い淀んだものの、隠してもしょうがないと悟ったのか、祐樹くんはすぐに現実を答えた。

『ゴミ処理場で燃やす』

『……ゴミ処理場』

『ひどいもんだよ。死んでるならゴミだなんて。だけど、そういう体制を変えるにもかなりの労力が必要になる。特に前例や慣習の強い役所って場所ではな。仮に上手く変えたとしても、今度は自称・善良な市民様からお叱りを受けるだろうしなあ。市民の血税を使って、野良猫の墓を作るだなんてどういうつもりなんだってさ』

『そんなんじゃ、誰も頑張らないよね』

『世の中には動物が嫌いな人もたくさんいるから。仕方がないさ』

仕方がない、とそんな一言で諦めなくちゃいけないことはたくさんある。

わたしは命を救ったのだろうか。

あるいは、いつか出るゴミをほんの少し先延ばしにしただけの、さして意味のない行為なのだろうか。

この問いにももちろん答えは出ない。

声が聞こえたのは、その時だった。

「ラッキーだったな、今の子猫」

「え？」

「あんたが近付かなかったら、トラックに轢かれていたかもしれない。交通事故は嫌いだから、見なくてすんで助かった」

顔を向けると、金色の髪をツンツンと立てた春風くんがいた。今日もまた、その体は青色に光っていた。

本来なら安心するはずの色なのに、彼に限っては胸が軋《きし》む。

よう、と彼はクラスメイトにするような気軽さで片手を上げた。

やあ、と答えることはできなかった。

「事故なんて、好きな人はいないと思うけど」

「ああ、そりゃそうか」

「……なにか用？」

「そんな睨むなって。今日はあんたに自己紹介をしにきたんだ。この前はそっちだけ名乗って、俺は名乗らなかっただろう」

「名乗るもなにも、君は春風くんでしょう？」

「そうだよ。俺は確かに春風だ。春風翔《かける》」

「翔？」

怪訝《けげん》そうに目を見開いたわたしの反応を、足場を確かめるみたいに彼が眺める。

「春風歩は俺の兄貴。話はな、聞いてたんだ。夜に会ってる女の子がいるって。だけど、顔までは知らなかったってわけ。つーかさ、この前のはそっちの勘違いだからな」

「またからかってる？」

「疑《うたぐ》り深《ぶか》いな。ほら、学生証」

そこには、目の前の男の子の顔写真と〝春風翔〟という名前が確かに載っていた。

「一年生？」

「一応、そっちと同い年だよ。あんた、今、二年なんだろ。俺は、まあ、なんだ。受験のタイミングで色々あって高校浪人したんだ。どうしてもこの学校にいきたくてさ」

「本物？」

「疑いすぎ。あんたをからかう為だけにそんな手間をかけるわけないだろう」

もちろん、そうだ。だけど、いや、だったらわたしは、もう一つの事実を疑わなくてはいけなくなる。

つまり〝春風歩〟という人が本当にいたのかどうか、ということ。

全部、〝春風翔〟の演技だったのではないか。

ずっと、わたしをからかっていたのではないか。

彼がわたしの会っていた春風歩くんと同一人物であることは間違いない。いくら兄弟だといっても、こんなに顔も声もそっくりなわけがない。手の甲の怪我だって。

「仮に君が春風くんの弟だとして、じゃあ、どうして彼はこないの？　一緒にきてくれたらわたしだって疑わずに済むんだけど」

「それに関連して頼みがあるんだ。ちょっと事情があってさ、兄貴のことを周りの奴らに知られたくないんだよ。だから、この前みたいに近付いてこないでほしい」

ああ、ほら、やっぱり。

全部全部、演技だったんだ。わたしのことをからかって笑っていたんだ。でもそれが友達にバレると面倒だから、こうして釘《くぎ》を刺しにきた。あるいは遊んでいた女に本気になられて面倒になったとか。

どっちにしても。

「それはもう、わたしとは会いたくないってこと？」

「そうじゃない。勘違いすんな。これまで通り兄貴と金曜の夜に会うのはいい。だけど、それ以外は――」

どっちにしても、最低だ。

「馬鹿にしないで。いいよ。そこまで言うなら、もう会わないから。ごめんね。迷惑なら迷惑ってきちんと言えばいいんだよ。そうしたら、わたしだって我慢するのに。嘘だって吐《つ》かなくていい。どうしてこんな回りくどいことするわけ？　どうしてこんな」

心をボロボロにするようなことをするの？

もういろんなことが限界で、わたしは瞳を擦《こす》るように擦りながら彼に背を向け歩き出す。どこに向かうのかはわからない。ただ、ここにだけはこれ以上いたくなかった。彼の近くにいると、悲しくなる。

彼がいない場所なら、世界中のどこだってよかった。

「六華っ」

「うるさい、その名前で呼ばないでって言った」

「待って。誤解なんだ。あなたは誤解している」

「だから、うるさい」

叫ぶと同時に、腕を摑まれた。暴れてみるけど、男の人に本気で力を出されたら振り払えない。せめてもの抵抗で、必死に顔だけは背ける。だって、今、ひどい顔してる。泣いている。泣き顔を見られたくなかった。

君が涙は苦手って言ったから。

そんなたった一言に揺れてしまう。

自分でも馬鹿だと思うけど、こんなになってもまだわたしは彼のことが好きだった。好き。大好き。自分ではどうしようもないくらい好きなの。気持ちが消えてくれないの。

せめて、勝手に想うくらいは許してほしい。

もう少しだけ好きなままでいさせてほしい。

そんな願いすら、抱いたら駄目なの？

「六華、頼むから話を聞いて」

ぐちゃぐちゃに顔を歪ませて、ぐすぐすと洟を啜って、わたしは歪む世界の向こうにいる春風くんを睨んだ。彼もまた傷ついた顔をしていた。苦しそうに表情を歪めていた。

そして、その体は――。

青色じゃなく、無色透明だった。

「……春風くん」

思わずその名前が漏れる。

どういうこと、ありえない、そんな常識的な思考を置いてけぼりにして感情だけが走り出す。そして、そうすることが正しいのだとわたしは知っていた。

「春風、歩くんでしょう？」

「なんで。――いや、ち、違う。僕は、俺は、翔だってさっき」

「ううん。違わない。今の君は翔くんじゃない。歩くんだ」

絶対の確信があった。

どうして気付かなかったんだろう。こんなにも違うのに。顔とか、体つきとか、声とか、そういうのじゃなくて。

もちろん、彼を包む命の色でもなくて。

世界中の誰がわからなくても、わたしだけはわかる。

目の前にいる男の子が〝春風歩〟だとわたしは自身の全てで感じている。

わたしの、わたしだけのクオリア。

「さっきまでは確かに翔くんだった。でも、今は歩くんでしょう？　そうでしょう？」

「……どうして？」

「わかるよ。だって、わたしは君に恋をしているんだから」

嚙《か》みつくように叫ぶと、一拍置いて春風くんはくしゃっと泣きそうに表情を歪めた。

「そうくるか」

乾いた声に宿っているのは、驚きと悲しみ。諦め。

そして、微かな喜び。

降参とばかりに彼はわたしを解放し、そのまま手を上げる。

「六華はすごい。敵わないな」

「どういうことなのか説明してほしいんだけど」

「そうだね。これ以上、隠し事をするのは無理みたいだからちゃんと話すよ」

春風くんの親指がわたしの目元を撫でる。その手つきはやっぱりいつもの、わたしの知っている彼のものだった。彼はとても優しくわたしに触れる。

体にも、心にも。

涙はいつしか止まっていた。


春風くんに案内されたのは、郊外にある霊園だった。普段縁のない場所に足を踏み入れるのは、少し緊張した。普通に生きていると、お墓参りなんて年に一度、お盆の時期くらいなものだろう。少なくともわたしはそうだった。

春になったら示し合わせたみたいにピンクに染まるであろう桜並木を潜《くぐ》っていく。今は、すっかり乾いて赤くなっている葉がチラチラと宙を舞っていた。風が強く吹くと、地面にうつ伏せになっていた落ち葉が一斉に走り出す。まるで小学校の運動会みたい。よーい、ドン、の合図でこちらに向かってくる。

「六華は霊園と墓地の違いって知ってる？」

「お寺の敷地《しきち》内にあるかないか、でしょう？」

いつもの空気でわたしたちは会話をしていた。

「なんだ、知ってたんだ」

「身内にそういうのに詳しい人がいるから」

「お寺マニアってこと？　渋いね」

「違う違う。お姉ちゃんなんだけど、ものすごく頭がいいのね。ただ勉強ができるだけの秀才くんじゃなくて、正しい意味での天才。いろんなことを知っているの」

「ああ、本当に頭のいい人はそうだな」

「だから雑学とか、普段使わない難しいことわざとか、ことあるごとに丁寧に説明してくるわけ。難しい話は一々覚えてないけど、簡単なことなら割と頭に入っちゃうんだよ。若ちゃん、教えるのもとても上手だし」

「あなたは本当にお姉さんが好きなんだな」

「うん、大好き」

「きっと、お姉さんもそうなんだろう。会ったことはないけれど、六華を大事にしているることがあなたを見ているだけでわかる。……前に話したと思うけど、僕にも弟がいるんだ。時々、いや、しょっちゅう生意気だけど可愛くて大事な弟だ。名前は春風翔」

雰囲気で彼が返事を望んでいないことが感じられたので、黙っておいた。

「兄貴だからさ。やっぱり、いざという時は自分のことより弟を優先しちゃうんだよな。もちろん、あの瞬間の僕には意識も選択肢もなかったけれど、仮にあったとしても父の選択を後押ししたと思う。恨んでもいない。むしろ父には申し訳なさの方が大きい。とても残酷で重い選択をさせてしまったから。僕は親不孝な息子なんだ」

なんの話？　という風に首を傾げると春風くんは困ったみたいに薄く笑った。

「僕が後悔をしていないって話。着いたよ、ここだ」

春風くんが立ち止まったのは、小さなお墓の前だった。できたばかりなのか、ピカピカだった。いや、よく見てみると違う。丁寧に掃除されているだけだ。コケなんかはないけれど、うっすらと水垢《みずあか》や染みが残っている。小さな傷もちらほら。業者を入れずに、家族の手だけできちんと手入れをしているのだろう。

そして、墓石には〝春風歩〟の文字が彫られている。

「三年前のことだよ」

古い写真に触れる時の温度で春風くんからゆっくりと吐き出された無色透明の秘密は、取り巻く空気よりいくらか熱いらしく、やがて白く色づいていった。

三年前。

わたしがまだ中学二年生だった頃に、仲のいい兄弟が交通事故に遭ったそうだ。雪が降る寒い夜に凍結した道路でスリップした乗用車が、出歩いていた二人に突っ込んだ。

お兄さんの名前は、春風歩。

弟くんの名前は、春風翔。

「翔は僕が推薦で合格をもらっていた高校と同じ学校に入学する為に勉強を頑張っていて。その時は模試の点数がすごくよかったんだ。初めて学年でトップテンに入ったんじゃなかったかな。ご褒美に、とはいってもコンビニのおでんとか肉まんくらいなものだけどさ、ご馳走するって言ったら喜んで、二人で買い物に出かけた」

そんな兄弟のささやかな時間が悲劇に繋がる。

一体、それを誰が予見できただろう。あるいは、それができる人間が世界に少なくとも一人だけいたけれど、わたしはまだ、春風くんと出会っていなかった。

そして、過去を変えることは誰にもできない。

「いきなり不規則な動きをした車が突っ込んできたものだから、全く動けなかった。視界が真っ白い光に染まって、翔の方を見たら向こうも僕を見ていて。二人とも変な顔してたな。あ、と声を出した瞬間、強い衝撃に吹っ飛んでた。痛みはなかったよ。麻痺していたんだろう。真っ赤な血が真っ白な雪の上に広がって、体温が一緒になって流れていくみたいで、最後に寒さだけを感じた。僕の意識はそこで途切れた。後は、翔から聞いた話になる」

わたしは春風くんの隣に立っていた。墓石に刻まれている〝春風歩〟の文字をぼんやりと眺めていた。

本当は彼の横顔を見たかったけれど、顔を上げることができなかった。

とても穏やかな声だけが、二人しかいない霊園に響いた。

「事故で翔の臓器は深刻なダメージを受けていて、かなり危なかったらしい。通常の治療では助かる見込みのないくらいに。だけど、一つだけ翔を救える方法があった」

「……歩くんはどうなったの？」

「焦らなくても、今から話すよ。事故に遭った僕は脳死状態に陥った。植物状態と違って、脳死は死んだって判断されるんだ。ただ脳死にしても心臓はまだ動いていて、それこそが翔に必要なものだった」

「じゃあ、つまり」

「そう。今、ここで動いている心臓はかつて僕のものだった。記憶転移という言葉は聞いたことがあるかな？　きちんとした医学用語ではないらしいんだけれど」

「臓器移植の結果、ドナーの記憶や趣味なんかがレシピエントに現れる事象のこと、だよね？」

ずっと前に、やっぱり若ちゃんから教えてもらったことがある。

ここではドナー、つまり臓器を提供したのは春風歩くんで、レシピエントと呼ばれる受容者が翔くんということだった。

お兄さんが死んで、弟が心臓を受け取った。

「正解。それと似たようなものだと僕と翔は考えている。今、ここにいる僕は、心臓に残った〝春風歩〟の断片でしかない。ああ、僕らのケースの場合、実際には二重人格みたいなものだと考えてもらった方が理解しやすいかもしれない。一つの器に、二つの魂が混在しているっていうかさ」

トン、と春風くんが自分の胸を手で叩いている姿が視界の端に映った。

その心臓に、彼が宿っていた。

「ただこの体はやっぱり翔のものだから、僕が頻繁に表に出てくるのは都合が悪いんだ。いくら翔が許してくれてもね。僕はもう死んでいるはずの人間だし、珍しいケースとして世間に騒がれるのは本意じゃない。六華に黙っていてほしいと頼んだのもそれが理由。入れ替わるのだって、毎週金曜日の夜だけにしようと二人で約束をした。あなたに会っていたのは、本当にずっと僕だったんだよ。翔はなに一つとして嘘は吐いてない。悪いのは隠していた僕だから、怒るなら僕だけにしてほしい」

春風くんが無色透明だったのは、彼がすでに死んでいたからだった。確かにここに存在しているけれど、死者に命を感じることはできない。

ただ、今のわたしにとって大切なことは別にあった。

恋っていうのは、呆れるくらい人を愚かにしてしまうらしい。

「春風くんがわたしの告白を断ったのって、それが理由？」

「……この体は翔のものだし、僕は死人だ。恋なんてできるはずがないだろう？」

「そんなこと」

「あるんだよ、六華。どうしようもないんだ。理解してほしい」

「だって、そんな。断られる理由が気持ちじゃないなんて。そんなの」

「往々にしてあることさ。なにも特別なことじゃない。お金とか、立場とか、住んでいる距離なんてことで二人が一緒にいられないことは。それに、仮に付き合ったとしても僕はいつまで存在できるかわからない。だって、どんな理由でここにいるのか、確かなものはなにもないんだから。予兆もなく、明日、唐突に消えてしまうかもしれない」

食ってかかった言葉は簡単にいなされてしまう。

もうなにを言えばいいのかわからないわたしに、春風くんはいつもみたいに優しく告げる。いつもと違って、困ったように形のいい眉をひそめながら。

「ごめんね。結果、僕のわがままであなたをすごく傷つけることになってしまった。もし僕といることで辛くなるのなら、会うのもこれで終わりにしよう。ああ、我ながら最後まで勝手だと思う。恨んでくれてもいい。……今日までありがとう、六華」

やっぱり、わたしはなにも応えることができない。

「そして、さよなら」

春風くんを霊園に残し夢を漂うみたいにぼうっと家路を歩いていると、古本屋さんの前に置かれてあるセールワゴンに褪せた背表紙の本を見つけた。

宮沢賢治《みやざわけんじ》の『銀河鉄道の夜』だった。

教科書にも載っている名作なので、知っている人も多いと思う。同時に、わたしのように教科書で読んだだけの人もまたたくさんいるだろう。教科書っていくつかのエピソードを抜粋しているだけだから、物語の結末についてわたしは知らない。

惹かれるようにその一冊を手に取った。

カバーの裏に金額が薄く鉛筆で書かれていた。

まず二百という数字に横線が引かれ、次に百という数字が線で隠され、今は五十という数字だけが残っている。

五十円。

ワンコインというわけだ。

京香ちゃんなんかは古本なんて無理だって公言している。誰の家にあったのかわからない本を本棚に収めるなんて絶対に嫌だ、と。

どれだけ誘っても古本屋さんに付き合ってもくれない。

ただ、わたしは誰かの手に渡った本も嫌いじゃなかった。たまにレシートとか、栞代《しおり》わりの葉っぱなんかが挟まれてあったり、ひどい時には落書きがされてあるけれど、そこに歴史を感じるし。古い本を開いた時のどこか甘い香りや、紙の乾いた手触りは、タイムカプセルのよう。今が過去と繋がるっていうか。

古い本を手に、わたしはそのままお店の中に入った。

すっかり数が減った個人経営のお店で、わたしが今よりうんと小さかった頃からおじいさんが一人で経営している。五年くらい前から、そろそろ店仕舞いかねえ、なんて言っているけれど、もうしばらくは大丈夫そうだ。

おじいさんの体はまだ青い。

レジで五十円を支払い、その足で近くの公園に向かった。肌寒いから途中にあった自販機でホットのコーンポタージュを買う。ポケットに突っ込んで手の中で転がしていると、手の表面がじんわりと熱くなっていった。

思い出したのは、やっぱり春風くんのことだった。

「わたしは『スイミー』が好きだった」

「小さな魚が集まって、一匹の大きな魚になる奴だっけ？」

「簡潔に説明するとそうなるのかな。春風くんは？」

その日は教科書に載っている小説について話していた。

振り返ると、わたしたちはこんな風にどうでもいいことを話すことが多かったように思う。些細なことだから、ほんの数週間前のことなのに忘れてしまっていることも多い。日常に馴染んでしまうというか。

ただ、消えてしまったわけじゃない。

こんな風に、ふとした時に記憶が蘇ることだってある。

「僕は『銀河鉄道の夜』かな」

「宮沢賢治？」

「正解。『風の又三郎《またさぶろう》』とか『ポラーノの広場』なんかを書いた人だよ。詩だと『春と修羅』や『永訣《えいけつ》の朝』が有名かな」

「あ、『注文の多い料理店』は読んだことがあるよ。『よだかの星』も」

「ふうん。『銀河鉄道の夜』は？」

「教科書に載っていたいくつかのエピソードくらい」

「それはもったいないよ。機会があったら読んでみるといい。名作だから」

「はい、読んでみます」

「よろしい」

「春風くんは本当に夜が好きだね」

我ながら女々しいな、と思いつつ、それでもこうして微かな繋がりを大事にしている。教えてもらった本を読んだと報告したくて、破ったところで誰にも責められないであろう約束を守る。彼の心を捉えた物語がどんなものなのか知りたくて、彼がお勧めしてくれた本を読む。

真実を知ってもまだ、どうしようもなく恋をしている。


『銀河鉄道の夜』自体はそれほど長い物語じゃなかったので、すぐに読み終えてしまった。すっかりぬるくなっていたコーンポタージュを口に運ぶ。こくんと飲み下すと、独特の甘さが胃をなぞるように落ちていく。

公園のベンチに体重を預け、色の薄くなった青い表紙を指の先で撫でた。

ジョバンニとカムパネルラ。

二人の少年は〝みんなのほんとうのさいわい〟を探す旅をする。北十字、白鳥の停車場、プリオシン海岸、アルビレオの観測所。

そして、天上と名高いサウザンクロス。

様々な人が銀河鉄道に乗り込み、二人と出会い、彼らの元を去っていった。

『カムパネルラ、また僕たち二人きりになったねえ、どこまでもどこまでも一緒に行こう。僕はもうあのさそりのようにほんとうにみんなの幸《さいわい》のためならば僕のからだなんか百ぺん灼《や》いてもかまわない。』*

『うん。僕だってそうだ。』

『きっとみんなのほんとうのさいわいをさがしに行く。どこまでもどこまでも僕たち一緒に進んで行こう。』

『ああきっと行くよ。』

『カムパネルラ、僕たち一緒に行こうねえ。』*

いつか、わたしはジョバンニにかつての自分を重ねていた。

満天の星の下、春風くんと歩いた。

どこまでもどこまでも二人で一緒に進んでいきたいと、そう願っていた。

だけど、希望は、願いは、約束は、全部叶わなかった。二人がほんの数ページ前に誓い合ったばかりだというのに。

丘の草の上で疲れて眠っていたジョバンニが目覚める。

一心に丘を走って下った彼の耳に、やがて残酷な真実が届いた。

『こどもが水へ落ちたんですよ。』*

『ジョバンニ、カムパネルラが川へはいったよ。』*

『カムパネルラが見えないんだ。』

『みんな探してるんだろう。』

『もう駄目です。落ちてから四十五分たちましたから。』*

友達のザネリを救う為に川へ飛び込んだカムパネルラは、そのまま水に溺れてしまった。ジョバンニと旅をしていたのは、死んでしまったカムパネルラだった。

きっとカムパネルラの体も、わたしが見れば無色透明だったんだろう。

けれど、それに気付いても、わたしはその意味することから目を背け、ジョバンニと同じように呑気《のんき》に無邪気に銀河鉄道の旅を続けていたはずだ。ううん、はずじゃないか。そんな曖昧なものじゃない。絶対だ。

だって、わたしもまた知らず無色透明な男の子と夜を歩いていたのだから。

弟を助ける為に、自らの心臓を捧げた男の子と。

あの日々は、銀河鉄道の旅だった。

ひっ、と喉の奥が痙攣《けいれん》した。ひっ、ひっ、ひっ。震えは体の隅々まで広がり、流星のような感情がぽたりと手の甲に落ちていった。

体を丸め、本を抱きしめ、唇を強く嚙む。

胸がいっぱいになって一目散に河原を街の方へ走っていったジョバンニは、この絶望を一人でどうしたのだろう。どうすればいいんだろう。

どれだけページを捲ってみても、物語の続きは記されていない。

吸い込んだ空気は、いつものように甘くもなく、辛くも苦くもなかった。けれど、ひどく冷たい味がした。

冷たくて冷たいから、とても痛い。

痺れるような冬の味に、胸が苦しくてたまらなくなった。

＊＊＊＊＊

夜になった途端に一段と厳しくなった冷気に対抗する為、唇の近くへ手を持っていって息を吐きかけた。刹那だけ熱くなったものの、すぐに冷めていった。ああ、人の気持ちもこんな風にすぐに冷めていくのならいいのに。

なんて、それはそれで悲しすぎるか。

公園を出てすぐ、お父さんからスマホに連絡があった。緊急重要任務なんて仰々しく書かれていたけれど、内容はそこまで切羽詰まったものではなかった。

近くのスーパーで鶏《とり》モモ肉を買ってきてほしい、とのこと。

どうやらお母さんに用事ができたようで、今日の晩ご飯はお父さんが担当するらしい。

メニューはおそらくカレー。

というか、レパートリーがそれしかないんだよね。ただ、お父さんの作るカレーはびっくりするくらい美味しい。大学生の時にやたらと研究したらしく、カレーだけは専門店並みのクオリティーのものを作れるのだった。たっぷりのスパイスを使うお父さん特製カレーは後を引く辛さがとても病みつきになる。

スーパーで、大きめのブロック肉を一つと若ちゃんへのお土産にシャインマスカットを買うことにした。わたしたち姉妹はフルーツがとても好きなのだ。昔からスーパーにくるとお菓子より果物をおやつに強請るちょっと変わった姉妹で、お母さんは褒めるべきなのか呆れるべきなのか、困っていたっけ。

ちなみにシャインマスカットは一パック千円もした。

財布的に大打撃だったのは否めないけれど、ちょっとむしゃくしゃした時は散財に限る。これを対価に、夕食後、若ちゃんに愚痴に付き合ってもらおう。そうしよう。だからこれは意味のある散財なのだ。投資ともいう。多分、いう。いうといいな。

家に帰り着くと、今日は三和土《たたき》に若ちゃんの靴があることが確認できた。

「ただいま」

「おかえり」

居間と廊下を繋ぐ扉は開かれていて、キッチンの奥の方からお父さんの声が聞こえてきた。続いて、ひょいっと顔も現れる。

「買ってきてくれたか？」

「うん」

「ありがとう」

言って、お父さんはわたしの手からすっとレジ袋を受け取った。動きの軽さがいかにも男の人だなって感じだ。女の人だと、もう少し重々しい感じになる。両手を使って、大事そうに抱えるというか。

とはいえ、お父さんの仕草は雑というわけじゃない。

「なんだ、ちゃっかりおやつまで買っているじゃないか」

「それはいいよ。わたしのお小遣いから出すから」

「シャインマスカットなんて高いだろう」

「まあね。でも、美味しいし」

「若葉と食べるのか」

「その予定」

「変わらないな。昔からお前たちはいろんなものを分け合うよな」

「だって姉妹だもの」

そう、わたしと若ちゃんは二人きりの姉妹だった。血を分け合い、思い出や、服やおもちゃや漫画なんかをずっとずっと共有してきた。

わたしの言葉を背に、お父さんはいそいそと圧力鍋を取り出していた。

あれ？　ちょっとウキウキしてる？

「今日は無水カレーにチャレンジしてみようと思うんだ」

「無水って水を使わないの？」

「具材から出てくる水分を利用するんだって。この前、会社の女の子にレシピを聞いてさ。ずっと作ってみたかったんだよなあ」

「どうして、そんな子供みたいな目をするわけ」

「楽しいだろう？」

言葉の意味が上手く捉えられず、わたしは首を傾げた。

「新しいことにチャレンジするのは、いつだって楽しいことだよ」

「失敗するかもしれないのに？」

「それも含めてだな。なあ、六華。失敗は決して悪いことじゃないよ。そりゃ、成功するに越したことはないけれどね。挫折や遠回りは、糧にできる人間にとっては大きな財産になるし。悪いのは、怖がってばかりでちっともチャレンジしないこと。それにね、難しそうなことでも、えいやっと飛び込んでみると案外できてしまうのが人間という生き物なんだ。必死になれば、大抵のことは好転する。仮に思っていた場所に辿り着けなくても、もっと素晴らしい場所へ流れ着くこともある。だけど、進まない人間はいつまでもどこにもいけないままだ」

こういうことを自然に口にできるから、お父さんは出世し続けているのだろう。普段の少し抜けた感じの姿を見ているとそうは思えないけれど、これで会社では中々のポストに就いているらしい。

いつか、お母さんが言っていた。

同期の中では一番の出世頭でね、真っ先に肩書をもらったのよ、と。

「だったら、お父さんもカレー以外の料理にチャレンジしてみればいいのに」

「なんだ、六華は僕がカレー以外作れないと思っているのか？」

「違うの？」

「実は和洋中、どれも作れる」

「嘘だよ。じゃあ、どうしていつもカレーしか作らないわけ？」

「凝った料理をすると、お母さんが拗ねるんだ。立つ瀬がないってね。だから、カレー以外作らないようにしてるだけ。疑うなら一つ作ってみようか。少し待ってなさい」

お父さんがシャツの袖を捲《まく》り上《あ》げると、たくましい腕が現れた。

冷蔵庫から迷うことなく、カボチャとピーマン、玉ねぎ、マヨネーズ、プレーンヨーグルト、クリームチーズと順に取り出す。まずカボチャの種とワタを取り、手早く一口大に切ってレンジの中へ。加熱している間に、ピーマン、玉ねぎを細かくしていく。

頭の中に手順が全て入っているのだろう、手際がすごくいい。

カボチャの粗熱を取っている間に包丁なんかを洗い、続けてマッシャーで潰したカボチャを、細かく切ったピーマンや薄くスライスした玉ねぎと一緒にボウルに放り込む。マヨネーズ、ヨーグルト、クリームチーズでさっと和《あ》えて、味見をしながら塩コショウで味を調えていた。

「うん、こんなものか。食べてみなさい」

差し出されたのは、ボウルいっぱいのカボチャサラダだった。

スプーンで掬《すく》おうとすると、お父さんが、違う違うと顔をしかめた。

「味見は作っている人間の役得だ。こう、手で摑んで食べるのがいいんだ」

言って、大きな塊を指で摘《つま》み、ぐわっと開いた口へ放り込んだ。もぐもぐと嚙むその仕草は、少しはしたないけれどとても美味しそうだった。さあ、お前の番だよ、とこっちを見るお父さんの目が語っていた。

……まあ、いいか。どうせここにはお父さんしかいないんだし。サラダはとても美味しそうだし。なにより子は親を真似《まね》るものだ。

同じようにして、カボチャの塊を口に運ぶ。しっかり咀嚼する。玉ねぎとピーマンのザクザクとした食感が素晴らしく、調味料の塩梅《あんばい》も完璧だった。ヨーグルトの優しい酸味がいいアクセントになっている。びっくりした。

「美味しい」

お父さんはどこか得意げに笑っている。

「せっかくだから、これも夕飯に出すか。お母さんには六華が作ったって言おう」

「そんな嘘、わざわざ吐かなくてもいい気がするけど」

「嘘も方便っていうだろう。夫と妻でも、結局のところ、男と女なんだ。長いこと上手くやるにはそれなりの工夫が必要なんだよ」

「そういうものさ。六華もその内、わかるようになる。さあ、着替えておいで。ついでに若葉にも声をかけてきてくれると助かる」

わたしはゆっくりと階段をのぼっていった。静かな空間に、わたしの足音だけが響いていた。自分の部屋に入ると、制服を脱ぎ、簡単に着れる部屋着を纏う。シャツを頭から被った時に乱れた髪を手櫛《てぐし》で整え、制服に皺《しわ》がよらないようハンガーにかけた。

部屋を出て、隣のドアをノックする。

そこは若ちゃんの部屋だった。

コツン、と骨で叩く。

返事がない。

もう一度、さっきより強くノック。

「若ちゃん？」

呼びかけつつ、そのまま姉妹の気安さで、ドアノブをくるりと回した。鍵のかかっていない扉は碌に力を入れなくても簡単に開いた。

空間が繋がる。

「寝てるの？　お父さんがカレーを作って――」

途端に、ひゅっ、と息が詰まって言葉が続かなくなった。

あまりに強烈な死の気配に、頭の中が真っ赤に染まる。突然の吐き気に、手で口を覆う。じわじわと視界が涙で滲んでいく。心が台風に怯《おび》える木の葉のようにざわめいていた。ざわざわっと音がする。ざわっ、ざわっ。

明かりの消えた薄暗い部屋の中心に、それはあった。

廊下の光が伸びて、まるでスポットライトのように照らしている。

天井から一本のヒモがぶら下がっていた。

部屋の中空に浮かんだヒモの先端は、丸い輪になっていた。


その不安は、普段意識していないだけで、いつもわたしの片隅に存在していたと思う。

種を植えつけたのは、もう死んでしまった母方の祖父だった。

わたしたちのお祖父ちゃんは、九州の田舎町で建設業を営んでいた。一代で財を成し、田舎で権威を振るっていた彼は決して綺麗な人間ではなかった。

悪いこともそれなりにしたのだろう。

父と母の結婚式の日、祖父は刑務所にいたらしいし。

町議会の議長さんや町長さんなんかが、新年を迎えると真っ先にお祖父ちゃんのところに挨拶にきていた時期もある。祖父を前にして、彼らは揃って緊張していたっけ。目つきは悪いし、無口な上に言葉遣いは粗暴だったけれど、しかし、わたしや若ちゃんがお祖父ちゃんのことを怖いと思ったことは一度もなかった。

彼はわたしたちに確かな愛情を注いでくれたから。

まだ幼い時分、母に連れられ帰省した時のことだ。

わたしが一人、本家にある庭の池で泳いでいる鯉《こい》を見ているとお祖父ちゃんがやってきた。紺に金の差しが入った和服を肩から羽織っていたっけ。短く刈られた白髪にこけた頰。至る所に、老いの気配が漂っていた。

それから一年もしない内に、祖父は逝ってしまった。わたしより早く死の気配を感じていたのかもしれない。だから、あんな言葉を残したとか。

祖父は、わたしの知っている中で若ちゃんに次いで聡い人間だった。

「おう。六華、一人かよ。若葉はどうした？」

「お母さんと買い物にいってる」

「お前はいかなかったのか」

「鯉を見たかったから」

そうか、と言ってお祖父ちゃんは隣に腰を下ろした。

ふっと、湿布の匂いが強く香った。

「……なあ、六華。姉ちゃんのことが、若葉のことが、好きか？」

「好きだよ」

そうか、ともう一度お祖父ちゃんが口にした。そのしおれた指の先が池の表面に触れると、魔法みたいにいくつかの波紋が生まれ広がっていった。

全て消えてしまうまで、そう時間はかからなかった。

お祖父ちゃんがなにか決意してしまうのには、それだけでよかった。ああ、違うのかな。あの強いお祖父ちゃんですら、口にするのにそれだけの時間が必要だったのかな。

「わしから一つだけ、頼んでもいいか。その気持ちをずっと持っていてやってくれ」

「若ちゃんを好きでいろってこと？　どうして？」

別に嫌だったわけじゃない。むしろ逆で、どうしてそんな当たり前のことをわざわざ頼むのかがわからなかったのだ。

「誰の目から見てもあれは特別だろう。わしは多く人を見てきたが、若葉ほど優秀な人間はいなかったな。故に、危うい。人は〝みんな〟が好きだからよう。六華、覚えておけ。人が口にする〝みんな〟というのはな、〝自分と同じ人〟のことを指すんだ。人種。故郷。言葉。思想。能力。〝自分と違う人〟を人は恐れ、遠ざける。出る杭《くい》は打たれる、なんて言葉がこの国にはあるな。そういうことだ。基本的に弱え生き物なのさ」

「でも、若ちゃんはたくさんの人に好かれているよ」

「遠くから眺めている分には光は綺麗だからなあ。ただ近付きすぎると、強い光は身を焦がす。目が眩んじまえば、光は見えない。残るのは闇だけだ。若葉も気付いているはずなんだがな。わしが知っていて、あいつが知らないことはねえから。だけどあいつは聡いくせに、人間って奴を好きすぎる。一人で立てる稀有な存在なのに、他人に自分の価値を求めちまうんだ。適度な距離じゃ満足できず、境界線を飛び越えちまう。そこで最初の話に繋がるってわけだな。いつか、若葉が孤独になる日がくるかもしれねえ」

その先に、孤独の先にあるものに、お祖父ちゃんはあえて形を与えなかった。

わたしも、お祖父ちゃんも、お互いに目を合わせなかった。特に理由があったわけじゃない。ただ、なんとなく。

それでも見ている景色は同じだったと思う。

「孤独が一番悪いよ。一人でいても、自分を好きな奴がどこかにいることを知ってるだけで人は生きていけるもんさ。一人と独りは違うんだ。なあ、六華。若葉を独りにしないでやってくれるか。本当はお前の親父《おやじ》やおふくろやわしの役目なんだろうが、なにせ、残り時間が違う。先に生まれたわしらは、どう頑張っても先にくたばっちまうから」

やっぱり時間が必要だった。

池の表面をキラキラとした美しい光の粒が跳ねていた。

どれくらいそうしていたのか。

しばらくしてお母さんと若ちゃんが買い物から帰ってきた頃に、わたしは応えた。短く、うん、と。それでもきちんと応えたのだ。

ようやく見ることができたお祖父ちゃんの顔は、どこか満足そうだった。

「頼んだぞ、六華」


重い体を引きずるようにして、わたしは若ちゃんの薄暗い部屋に入っていった。頭の中は未だに真っ赤だった。耳の奥にお祖父ちゃんの言葉が蘇ってきた。いつか、若葉が孤独になる日がくるかもしれねえ。孤独の先にあるもの。多分、誰にも待っている平等な終わり。ドクンドクンと心臓が痛い。頼んだぞ、六華。お祖父ちゃんの満足そうな顔。

立ち尽くす。

闇が確かにそこに在った。触れるのはひどく怖い。だから、わたしはその変化を肌で感じながらも目を逸らし続けていたのかもしれない。

「ああ、六華ちゃん」

そんな、やたらと呑気な声が不意にわたしの葛藤を崩した。

誘われるように隣を向くと、壁に背を預けた若ちゃんがいた。ものすごくダサいTシャツを着ていた。首回りなんかヨレヨレだし。プリントされている文字だって、スマイル、スマイル、SMILEだし。どうして最後だけ英語なわけ？ 最悪。本当に最悪。ちっとも面白くない。全然、笑えないんだけど。笑え、なんて命令されても笑えない。

そうして一通り頭の中で八つ当たりのような悪態を吐くと、少しだけ落ち着いた。若ちゃんの体の輪郭が、青色に淡く発光して見えていることも大きいかもしれない。

「結構、簡単に作れるものなんだね」

「若ちゃんに簡単に作れないものなんてあるの？」

「……盲点だった。確かに、わたしは大抵のものは簡単に作れちゃうわね」

くつくつと笑っている。それはいつもの若ちゃんの雰囲気だったけど、彼女はいつまでもロープの先にある輪を見つめていた。その横顔はやけに落ち着き払っている。目なんて特に澄んでいて、どこか怖いほど。

澄み切った闇がたっぷり溜《た》まっている。

「やっぱり、そうなんだ」

「え？」

「わたしの体。未だに青いままなんでしょう？ こんなことしても、死にちっとも近付いていない。結局、ポーズだけなのね」

「どうしたの？」

「なにが？」

「こっちのセリフだよ。なにかあったの？」

「んーん。なんにも」

「嘘だよ。若ちゃん、帰ってきてからおかしいもん。大学をサボり続けてるし、いつも家にいないし。一人で歩けないほどお酒を飲むし。そのくせ、痩せていくばかりだし」

そう、若ちゃんの体はまた少し細くなっていた。

「貞文さんも言ってた。なにか辛いことがあったたって」

「ごめん、六華ちゃん」

「どうして謝るわけ？」

「ふざけすぎたね。冗談でもしていいことじゃなかった。すぐに外すわ。六華ちゃんならともかく、お父さんやお母さんに見られると誤解されるもの」

「わたしだって、誤解したよ」

「だけど、すぐに誤解は解ける。六華ちゃんにはわかるものね。わたしに死ぬ勇気がないってこと。帰ってきてから一度だって、わたしの体は黄色にすらならなかった。お酒に酔ってさえ、命の綱を離さなかった。そうでしょう？」

「もしかして、若ちゃん。本当に死にたいの？」

ようやく若ちゃんがこちらを向いた。

やけに弱々しい困ったような笑顔を携えて。

「それすらも、自分じゃわからないの」

そのこけた頬に、感情を吸い込み重くなった涙が一滴流れていく。

若ちゃんの涙を見たのは、思えば初めてのことだった。


それにしても、若ちゃんの男運の悪さはなんなのか。

話を聞いたわたしが最初に思ったのは、そんなことだった。いや、話が重すぎて、だからわたしはわたしの心を守る為にそんなことを考えたのだろう。防衛本能というか。

大学に進学した若ちゃんに彼氏ができたのは、まだゴールデンウイーク前のこと。

相手は一つ年上の先輩だった。若ちゃんと同じ大学に入学できるだけあってそれなりに優秀で、同時に嫌味じゃないくらいの自負があって、将来のことを語る目はキラキラしていて、優しくて、指の綺麗な人だったらしい。若ちゃんは、どうしてか指の綺麗な男に弱かった。細くて長い指で触れられると、それだけでたまらなくなるのだそう。

交際は驚くほど順調だった。

これまで長くて二ヶ月程度だった最長記録が、あっという間に更新されていった。交際一年記念日とかね、実は憧れていたの、なんて口にする若ちゃんはどこにでもいる少女のよう。

そんな生活が破綻したのが、半年前。

彼の父親の経営する町工場が破産したせいだった。

「彼はどんどん変わっていったの」

体はわたしたち女よりずっと頑丈にできているくせに、メンタルは随分と弱い人が多いのが男という生き物だった。その中でも特に、優秀な人ほど脆かったりする。彼らは優秀すぎるが故に、挫折の味を知らずに育つから。

悲しいけれど、生きている限り痛みからは逃れられない。だったら、人は傷に耐え、立ち上がる術《すべ》を学ぶべきなんだろう。何度だって転がり続ければ、受け身の取り方だって知ることができる。

「塞ぎ込むことが多くなって、バイトやサークルも辞めて、大学も休学してしまって。そんなある日、部屋にいったらこれと同じものが天井からぶらさがっていた。違うのは、輪の先に彼がいたことくらい」

「自殺？」

聞かなくてもわかることなのだと、口にしてから気付いた。

若ちゃんがわたしを咎《とが》めることはなかった。

ただ、笑顔に秘められた悲しみが一層強くなったことにわたしはいたたまれなくなる。

「ねえ、六華ちゃん。わたし、どうしたらよかったんだろうね。何回繰り返しても、同じ失敗ばっかり。いつも置いていかれちゃうの。嫌になっちゃう。一体、なにが悪いのかな。彼のこと、本当に好きだったの。今でもとても悲しい。だけど、追いかける勇気がない。わたし、薄情なのかな。それとも、本当は好きでもなんでもなかったのかな」

若ちゃんの悲しそうな声に、心が強く揺れた。ドクン、ドクン。なにかがわたしの中で暴れまわっている。それは若ちゃんの為のものじゃなかった。自分の為の感情だった。全然綺麗じゃない。ドクン、ドクン。肩で息をする。ふうー、ふうー。呼吸がうるさい。ふうー、ふうー。頭は真っ白。心はささくれた。嫌いだった。若ちゃんを何度も傷つける男の人たちが。腹が立った。言葉が足りず、一方的に離れていく男の人たちに。

「わたしは若ちゃんみたいに頭がよくないけど、でも、一つだけわかることがあるよ。若ちゃんは悪くない。いつだって、若ちゃんは正しい。誰よりも正しい」

どれだけ強く言葉を吐いても気持ちは収まらず、噛んだ唇の隙間から息が漏れ続けた。ふうー、ふうー。

「勝手にいなくなる人のことなんて追いかけなくていいよ。そんなの愛でも勇気でもないよ。怒ればいいの。ちゃんと怒って、さよならして、若ちゃんはここにいてよ。独りじゃないんだよ。わたしは、若ちゃんがいなくなったら悲しいよ」

ふうー、ふうー。

「本当にいつだって勝手なんだから、男の人って。若ちゃんにはふさわしくない。大体、どうしてわたしの気持ちを決めちゃうわけ。馬鹿じゃないの。さよならなんて一方的にしないでよ。わたし、なにも言えなかったじゃない」

本当にいろんなものが渦巻いていた。若ちゃんのこと。春風くんのこと。世界っていうのはひどく不器用で、同時にひどく意地悪だった。

わたしはなにもかもに憤っていた。

「六華ちゃん」

「うん」

「もしかして、六華ちゃんも誰かに振られたの？」

「そうだよ、悪い？」

予想外の質問に唇を尖《とが》らせた途端、向こうも予想外だったのか、ぽかんとしていた。

「……嘘。本当に？」

「本当に」

「あの六華ちゃんが？　くくく。あははは。そっか、ついに六華ちゃんも男の人に振られるような年になっちゃったか。そっか、そっか。姉妹揃って、男運がなかったか」

「どうして笑うの」

「あははは」

「若ちゃんっ」

さっきまで世界の終わりみたいな顔をしていたのに、今は瞳の端に涙を溜めるくらい思いっきり笑っている。体を折り曲げ、手をお腹に当てたりなんかして。

訳がわからない。

「あははは。あー、お腹痛い。ごめんごめん。でも、なんか今の六華ちゃんを見てたらちょっとすっきり。代わりに、怒ってくれたからかな。ほんと、六華ちゃんの言う通りね。我慢するんじゃなくて、向き合うべきだったんだ。ちゃんと喧嘩《けんか》をするべきだった。今回だけじゃなくて、ずっとずっと。なんだ、そんなことでよかったのか」

それから、わたしたちは男の人の悪口でひとしきり盛り上がった。言わなくてもわかってもらえるって思ってるのがもうね、とか。プライドを守る為に格好つける時点で格好悪いよね、とか。潔い方がずっと格好いいわよ。自分が悪いと思ってても、素直に謝ってくれないんだよね。わかる、いたずらに言い訳を重ねるの。そうそう。そのくせ、浮気したら言い訳もしないで逆切れし出すし、なんなのって感じ。若ちゃん、浮気とかされたことあるの？　あるわよ。大人だ。ま、言い訳されても許せないものは許せないんだけどさ。なんなんだろう、男って。謎だよね。ねー。男の人が聞いたら顔をしかめるようなことを、それはもうたくさん。

まあ、でもいいのだ。

ここにはわたしたち姉妹しかいないのだから。

「はあ。たくさん愚痴ったら、久しぶりにちゃんとお腹が空いた気がする」

「お父さんがカレーを作ってるよ」

「本当に？　やった。お父さんのカレーって美味しいのよね。東京で本格的なお店をいくつか回ったけど、正直、お父さんのカレーより美味しいお店はなかったもの」

「若ちゃんは知ってた？　お父さん、カレー以外の料理もすごく上手なんだって」

「え？　そうなんだ」

「ね。食べにいこう」

「おかわりもしようかしら」

「ふふ。気が早いよ」

二人で階段を下りていった。わたしたちの足音は軽やかだった。若ちゃんが先で、わたしが後ろ。そう、わたしは妹だからいつもこの背中を見て、追いかけて、歩いてきた。

ねえ、若ちゃん。やっぱりわたしは、この背中がなくなったら寂しいよ。心の中で呟く。いつまでもいつまでも、わたしの前にいてよ。わたしは若ちゃんがずっと好きだよ。

「ああ、そうだ」

ちょうど階段の中頃にきた時に、若ちゃんが声を上げた。

二人揃って足を止める。

「どうしたの？」

「わたしさ、決めたわ。今までは仕方がないかって受け入れてきたけど、これからは文句を言ってやるって。言いたいことがたくさんあって、それをね、男の子に言ってやるの。傷ついたこと、怒ったこと、悲しかったこと。ぜーんぶ、ぶつけてやるんだ。まずはこんな可愛い彼女を置いていった先輩に。だからさ、六華ちゃんもそうしない？」

「え？」

「不満があるんでしょう？　さっきみたいにさ、相手にぶつけちゃいなよ。六華ちゃんは、いなくなる人のことは追いかけなくてもいいって言ったけどさ、追いかけたらなにか変わることもあるかもしれない。きっと、まだ間に合うから。わたしと違って、六華ちゃんは全部を失ったわけじゃないのよ。求めよ、さらば与えられんってね」

「……そうだね、それもいいかもね」

足音が再開される。

歩き方の癖が似ているからか、響く音もそっくりだった。

若ちゃんの言う通りだ。いつか、失う日がくるかもしれない。けれど、それを恐れたままだとなにもできない。諦めるのは早いよね。

わたしは春風くんを失っていない。

無色透明な彼はここに、この世界に、まだいるんだ。

ねえ、そうでしょう？

次の日の朝、いつものようにリビングに下りると若ちゃんがいた。昨晩、宣言通り、お父さんの特製カレーを三杯もおかわりしていたというのに、朝からまたカレーをモリモリと食べていた。ああ、そうだった。若ちゃんは本当によく食べる人だった。それでいて、お腹にちっとも余分なお肉がつかないのが羨ましかったりする。

呆れ半分、羨望半分で見ていると、なにを勘違いしたのやら、若ちゃんが口いっぱいに頬張っていたカレーをもぐもぐと呑み込んで尋ねてきた。

「おはよう。六華ちゃんも食べる？　二日目のカレー、美味しいわよ」

「いい。朝からカレーは重すぎる」

「そ？　でも、朝食はちゃんと取りなね。頭働かないから」

「うん」

「食パン、チンしてあげようか。昨日の残りのカボチャサラダもあるわよ。六華ちゃんが買ってきてくれたシャインマスカットも。飲み物は、コーヒー？　紅茶？」

「じゃあ、コーヒーで」

「あいあい」

若ちゃんとテーブルを囲んで、朝食を取った。

「お父さんとお母さんは？」

「お父さんはもう仕事にいっちゃった。お母さんは自治会の集まり。年末も近いから、二人とも忙しいみたい。あと、わたしも今日、東京に帰るわね」

「そうなんだ」

「色々、やらなくちゃいけないこともできたしさ。六華ちゃんも頑張ってね。お姉ちゃん、応援してるから」

「今日は寒いね」

「今年一番の冷え込みになるらしいわ。夜には雪が降るかもだって。ねえ、六華ちゃん」

名前を呼ばれて顔を上げる。

朝の光が射し込んで、わたしの最愛のお姉ちゃんをキラキラと輝かせていた。にっこりと笑っていた。彼女はいつだって綺麗だった。わたしの憧れだった。

闇はもう、どこにも見当たらない。

わたしに尋ねたいことがあるのはわかっていたので、きちんと答えてあげた。

若ちゃんがこの家に帰ってきてから、何度か聞かれていた質問の答え。

「大丈夫。今日も若ちゃんは綺麗だよ」

システム、オールグリーン。

わたしの瞳に映る藤木若葉は、昔も今もこれからも命の輝きに満ちている。

＊　＊　＊　＊　＊

放課後、一人だけ違う制服姿で正門前に立つわたしをいろんな人が無遠慮に見てきた。

普段ならそんな視線に萎縮してしまうのだけれど、今日は平気だった。

覚悟を決めているからかもしれない。ああ、そうだ。わたしはもう、ルビコン川を渡り始めているのだ。人は踏み出す前は躊躇してしまうけれど、一度歩き出せば、ひょいひょいっと進んでいける。

結局、一時間ほど待って、目当ての顔を見つけた。

向こうもこちらの存在に気付いたらしく、思いっきり顔をしかめていた。

「げっ。あんた、ここでなにをしてんだよ」

一目で、翔くんだとわかる。

「げってなによ、げって。……ねえ、ふと思ったんだけど、翔くんが浪人してまでこの高校に入学したのって」

「ああ、兄貴は結局、この制服に袖を通せなかったから、せめてさ。って、そんなんはどうでもいいんだよ。もう俺たちには関わらないんじゃなかったのか？」

「わたし、そんなこと一言も口にしてないよ。そっちが一方的に言っただけでしょう。

そんなわけで、顔貸して」

　制服の袖を思いっきり引っ張って、ずんずん歩いていく。

「うわ。おい、待てって。歩きづらいだろ」

「待たない」

「なんか、雰囲気変わったか？」

「変わったものはあるよ。でも、変わらなかったものもある」

「なんだそりゃ」

　翔くんは思っていたよりもずっと大人しく、わたしについてきてくれた。少し迷って、駅から一本通りを入ったところにあるレトロな外観をした喫茶店を選ぶ。窓から覗いた感じ、人が少なそうだったし、雰囲気もよかったから。

　ドアを押すと、チリンと頭上で綺麗な鈴の音が響いた。

　たっぷりのコーヒーの匂いと、ダンディなマスターの声がわたしたちを迎えてくれる。

　店内は暖房が効いていて、鼻の先っぽがヒリヒリと痛んだ。一時間も寒空の下にいたので体の至る所がすっかり冷え切っていたわたしは、その温かさをたっぷりと享受した。

ほうっと息を吐くと、肩から力が抜けていく。

　実は結構、緊張していたのかもしれない。

　窓際の奥の席に腰を下ろし、わたしはブレンドを、翔くんはナポリタンのコーヒーセットを、それぞれ注文した。

翔くんは足を投げ出すように座り、窓の外をぼんやりと眺めていた。

同じものを見ようと、わたしもまた彼に倣った。

わたしたちに気付かれないよう毎日少しずつこそこそと衣替えに勤《いそ》しんでいた世界は、もう冬コーデにしっかり馴染んで灰色を纏っている。空気の色、空の色。若ちゃんの言っていた通り、じきに雪が降り出すだろう。

「この時間にナポリタンだなんて。晩ご飯は大丈夫なの？」

「余裕だろ」

「男の子なんだねえ、やっぱり。わたしは絶対に無理」

「とか言って、ケーキなら入るくせに」

「もちろん。別腹だもの」

「はっ。女だなぁ」

わたしたちはお互いの距離を測るように、間にある空白に言葉を詰め込んでいた。思えば、わたしが翔くんを翔くんと意識して話すのは初めてのことだった。男慣れをしているとは言い難いわたしなのに、翔くんとは話しやすかった。ぶっきらぼうだけど、言葉の端々にきちんとわたしに対する気遣いの色が見え隠れしているからかな。

やがて注文していた食事が、わたしと彼と、それぞれの前に運ばれてくる。カップを包むようにして、手のひらを温めた。熱がゆっくりとわたしへ移ろってくる。

一方、翔くんはフォークを器用に使ってナポリタンを巻きつけ、口に運んでいた。

口火を切ったのは、彼の方だった。

「で、今日はなんの用だ？」

「春風くんに、ええっと、歩くんの方だけど、話があって」

「そりゃ、わかってるよ。俺に用があるわけないものな。だから、その話って？」

「それは君に話すことじゃないから」

「代われってことか？」

「お願いできないかな？」

「話なら俺が聞く」

「昨日は代わってくれたじゃない」

「……後悔してるんだ。中途半端なおせっかいで、兄貴を傷つけちまったこと。はっきり言おうか。俺はあんたが傷つこうが、泣こうが、どうでもいい。兄貴が楽しそうにしてるなら、なんだってな。だから昨日は、これまで通りに会ってやってほしいと思った。けど逆に、兄貴が傷つくなら、これ以上、あんたには近付いてほしくない」

「勝手ね」

「人間なんてそんなもんだ。大切なものの為なら、いくらでも勝手になれる」

「確かに」

二人同時に、染みの一つもない白色のカップに口をつけた。ちょっぴりぬるくなった液体が喉を滑り落ち、胃の淵《ふち》に辿り着く。未だ体温より高いそれは体の中心でその存在をいくらか主張しているけれど、やがて馴染んでいくだろう。

カップをソーサーに置くと、カチャリと小さな音が響いた。

「春風くん、傷ついているの？」

「どうかな。なんて嘯いても無駄か。正直、あんたと会ってから元気がない。なにを話したのかは詳しく知らないけれど、まあ、予想はつく。もう構わないでやってくれないか。兄貴の願いを尊重してやってくれ」

「お兄さん想いなんだ」

「誰だって見知らぬ他人より、血の繋がった兄弟の方が大切だろう」

「わたしにもお姉ちゃんがいるから、気持ちはよくわかるよ。正直、勝手な都合で若ちゃんを振り回す男の人って大嫌いだもの」

「だったら――」

「でも、ごめんなさい」

一度だけ、深く頭を下げる。

一秒、二秒、三秒。

そして、顔を上げる。

「わたしは、春風くんにまた会いたい。話したいことが、伝えなくちゃいけないことがあるの。わがままだって、自分勝手だってわかってるけど、お願いします」

ようやく翔くんがわたしの方を向いた。だから、わたしも逸らすことなく、彼の目を見返した。彼はわたしの中にあるなにかを探っているようだった。

根負けしたように、やがて翔くんが白旗を振った。

っち、ああ、もう、なんて言いながら頭を掻いている。

「最後のチャンスだからな」

「それじゃあ」

「ただし、選ぶのはあくまで兄貴だ。今晩、あんたらが初めて会った公園にいろ。そこであんたが待ってることだけは伝えてやる。もし、兄貴がこなかったら諦めてくれ」

「きてくれるまで待ってる」

「それは卑怯だろ」

「待ってるから」

わたしの呟きにはそれ以上応えず、翔くんはガツガツとナポリタンを一息に食べ終えてしまった。わたしはさっきよりもっとぬるくなったコーヒーを啜った。

カップが空になるまで、翔くんは律義に待っていてくれたようだった。

最後の一滴をわたしがこくんと飲み下すと、彼はゆっくり席から立ち上がった。その手にはちゃっかり伝票が握られている。

慌てて、その背に声をかけた。

「あ、待って。ここはわたしが払う。連れてきたの、わたしの方だもの」

「いいよ、これくらい。格好つけさせろ」

「駄目」

「ったく、あんたも強情だな。普通の女なら、ご馳走様ですって大人しく食い下がるもんなのに。よし、わかった。取引しようぜ。俺はあんたに兄貴と会うチャンスをくれてやる。だから、ここの支払いは俺に持たせろ。いいな」

「それ、取引になってる?」

「なってるだろう。俺の言い分を通すんだから」

そういえば、いつか、似たようなことがあった。わたしばかりが得をしてしまう取引。

あの日から、わたしは彼に名前で呼んでもらうようになったんだっけ。

「君は本当に春風くんの弟なんだね」

「あん？　今更、なにを言ってんだ？」

翔くんと春風くんは全然違う。違うけど、不思議そうに首を傾げたその仕草に春風くんの欠片を見つけてちょっとだけ彼のことも好きになれそうだ、なんて思った。

＊　＊　＊

日が落ちて、時計の針が九時を過ぎた頃から、予報通り雪が降り始めた。初雪だった。頬に当たった小さな氷の結晶は、熱を帯び、すぐに溶けて流れていった。一層冷たくなった空気を吸い込むと、骨の芯がキリキリと痛む。体重をかけたベンチもまた氷でできてるみたいに冷たくなっていて、お尻が辛い。

だけど、かじかむ手を擦り合わせ、指の先に息を吹きかけ、わたしは一人の男の子がやってくるのをじっと待った。待ち続けた。

宣言通り、何十分でも、何時間でも、待つつもりだった。

降ってくる雪が、頭や肩に届いてうっすらと白に染めていく。ああ、寒いな。ほんと、寒い。歯が震えて、ガチガチと不格好な音楽を奏でている。

いつしか瞼は重くなり、わたしは目を瞑っていた。

吹きつける風に体を丸める。

その時だった。

ふっと、凪《なぎ》のような時間がやってきた。

雪が途切れ、風が途切れ、近くに誰かの気配を強く感じた。顔を上げると、世界でたった一人だけ無色透明を纏う男の子が、雪から、ううん、世界中のありとあらゆる寒さからわたしを守るように青色の傘を差して立っていた。

わたしたちは一本の傘の中にいた。

そこはひどく狭い場所で、わたしたち二人だけの空間だった。

呆れているのか、怒っているのか、悲しんでいるのか。

彼の表情は歪んでいる。

「こんなになって。ああ、もう。馬鹿じゃないのか」

「へへへ」

かじかんでいるせいで上手く笑えない。表情が、カチコチに固まっている。それでも、嬉しかった。その声が聞けて、とてもとても嬉しかった。ほっとした。

「きてくれた。ちょっとだけ、ほんのちょっとだけ、もしかしたらきてくれないかもって思ってたから嬉しい。ありがとう」

「……翔に言われたんだ。あの手の女はきちんと清算しとかないと後でストーカーになるタイプだから、ちゃんとしてこいって」

「ストーカーかあ。翔くんってひどいんだ」

「でも、今の六華を見ていると、あながち冗談になりそうにないなって」

「ま、いいけど。それで春風くんがきてくれたんなら。ね、隣に座って」

「いや、それよりも場所を移さないか？　寒いだろう？」

「ううん。ここがいい。それにこうして傘を差してくれてたら温かいから」

いくらか迷うそぶりを見せたものの、春風くんはベンチの雪を軽く払ってわたしのすぐ隣に腰を下ろした。

傘を差さないといけないから、肩が触れるくらい近くに彼がいた。

「それで、僕に話って？」

「うん。もう単刀直入に言うけれど、わたしと付き合って」

「お断りしたはずだけど」

「そうだね。でも、わたしは納得していないの」

「どうして？」

「春風くんの気持ちを聞いていないから」

「言ったはずだよ。僕はちゃんと言った」

春風くんがわたしの方を振り向く。

ざらざらとした、触れるだけで全てを傷つけるようなやすりのかかっていない声に、わたしは首を横に振る。否定する。必要なら牙を立て、噛みつくことだって辞さない。

そのざらざらを丸くしたいの。

いつもの優しい声を聞きたいの。

「言ってない。春風くんが口にしたのは、全部、恋ができない理由だよ。一体、どこに君の心があるっていうの？」

そう、わたしが納得していないのはその一点だけ。

もし春風くんがちっともわたしのことを女の子として見れないというなら、仕方がない。だけど、それ以外の理由で遠ざけられるほど恋する女の子って弱くない。

わたしも君に出会うまで知らなかったの。

自分の中にこれほどまでに強い力が眠っていたなんて。

こんなにも誰かを求める日がくるなんて。

「十分だろう」

「どうして？　なにが十分なわけ？　春風くんが口にした理由のどれもが、絶対に恋ができない枷《かせ》には成り得ないと思うけれど」

「無理だ」

「無理じゃない」

もう一度言うよ、と春風くんが重々しく口を開いた。

「――僕はもう死んでいるんだぞ」

「そうだね。でも、ここにいるよ。話せるよ。わたしが寒がっていたら、傘を差してくれるよ。わたしが泣いていたら、抱きしめてくれるよ。六華って名前を呼んでくれるじゃない」

「──付き合ったって普通の人たちみたいにデートの時間も碌に取れない。翔の体だから、キスの一つだってできない」

「いいじゃない。週に一度、金曜の夜に会えるだけでわたしは幸せだもの。キスなんてしなくても、想いを交わす方法はたくさんある」

「──いつ消えてしまうかわからない」

「それって、普通の人となにが違うのかな？ 誰だって未来のことなんかわからないものじゃない？ 次の瞬間、隕石《いんせき》が降ってきて死ぬ可能性だってゼロじゃないんだし」

最初、わたしが春風くんに惹かれていたのは、多分、彼が死を纏っていなかったからだと思う。ゴローさんの死に打ちひしがれていたわたしは、たった一人、死の気配がない彼の存在に安堵《あんど》していたことはきちんと認める。

ただ、きっかけはどうあれ、そこから先、気持ちが育ったのは、相手が春風くんだったからだ。他の人が相手なら、こんなにも愛しく思わない。

彼の優しさが好きだった。

ちょっと意地悪を言うところも好きだった。

たまに見せる子供っぽい仕草を可愛いと思った。

隣を歩くだけで楽しくて、彼が口にする哲学に触れるとたまらなくなった。

心臓の音を聞いた時、負けないくらいわたしの鼓動も強く鳴った。

「まだある？　あるなら言って。全部全部否定するから。そうして、君が閉じ籠もっている殻が全部剝がれたら、その時にはきちんと教えて。本当のこと。わたしのこと。春風歩くんが、藤木六華をどう思っているのか」

わたしが叫ぶと、春風くんが眩しいものでも見るかのように目を優しく細めた。

「どうして、あなたはここまで的確な嫌がらせができるんだろう？」

「ずっとずっと春風くんのことを想い続けてたから。君がどんなことで心を揺らすか、必死になって考えた。もっと艶っぽい言い方をすると、わたしは春風くんが好きなの」

彼が傘を摑んでいる手にぐっと力を入れたのがわかった。わたしはその拳の上に、そっと手のひらを重ねた。二人とも冷たい手をしていた。でも二人でいれば、そこからゆっくりと温かくなれる。そういうものでしょう？

「ねえ。一人の夜は寒いでしょう？　いつか別れる時がきても、それがどんな終わり方だとしても、わたしはもう泣かないから。春風くんが涙、苦手だって言ったから、泣かないようにするから。もっと強くなるから」

一緒にいよう。

二人、最後の一瞬まで。

どんな終わりが待っているとしても、それでもいいと思える恋だった。

春風くんがなにかを諦めたように、あるいは決意したように、深い息を吐いた。

「泣かないなんて、泣き虫な六華に本当にできるのかな」

「が、頑張る」

「……頑張る、か。うん。やっぱり六華には敵わない。わかった。あなたの気持ちを信じるよ。だけど、一つだけ条件がある。これからは僕のことも下の名前で呼んでくれないか？　苗字《みようじ》だと翔と同じになってしまうから。いや、違うな。さっき六華が翔だけ名前で呼んだ時、僕は確かに嫉妬してた」

お得意の、わたしだけが得する取引。

くつくつとわたしは笑う。

ああ、なんて愛しい人なんだろう。

「ねえ、歩くん」

「なにかな？」

「大好き」

「僕も六華が好きだよ。……実はずっとずっと好きだった」

「ふふふ。嬉しいな。ようやく聞けた。歩くんの本当を」

この冬の、最初の雪が降ったその日。

わたしたちは、彼氏彼女になった。

イメージの話になるけどな、そう前置きをして翔くんが手元のノートに大きな長方形を書き込んだ。続けて、隣接するように中くらいの正方形を二つ添える。

「この長方形が、まあ、リビングみたいなもんだ。共用のスペース。ここにいると、外の様子もわかるし、二人の意識がここにいる場合は会話もできる。で、この部屋には操縦席が一つだけある。その操縦席に座ってる人格が、体を動かせるってわけ」

「こっちの正方形は？」

「俺と兄貴のそれぞれの部屋って感じか。リビングにいると体を動かしていなくても外の様子が見れるけど、こっちの部屋に閉じ籠もっているとなにもわからない。だから、あんたが兄貴とデートしている間はなにをしようと、こっちに引っ込んでる俺にはあずかり知らないってわけ。安心したか？」

彼が話してくれているのは、歩くんと翔くんの間にあるルールの詳細だった。

一つの体に二つの魂。どうやって意識の入れ替えをしているのか気になって尋ねたら、こんな風にたとえ話をしてくれたのだった。

「別に変なことするつもりはないけど。じゃあ、今、歩くんはこっちの、自分の部屋に

「そういうこと。基本的に兄貴は俺に気を遣って、リビングに現れないから。俺とあんたがこうして話していることも知らない。あんた、毎回いきなりくるんだもんな」

翔くんが頷いたタイミングで、呼び出しベルが音を立てて震え出した。待ってました、とばかりに翔くんが立ち上がる。料理を受け取りにいく彼に代わって、テーブルの上に広げられたノートや筆記用具を纏めて端に移しておく。彼が注文していたのは豚骨ラーメンだから、このままでは汁が飛んでノートに染みがついてしまうかもしれない。

歩くんと恋人になってから数日が経ち——。

わたしは改めて、先日のお礼を言う為に翔くんと会っていた。

彼のおかげで、わたしはあの夜、歩くんと想いを交わすことができたから。

下校中の翔くんを捕まえて頭を下げたわたしを、じゃあ、謝礼をもらおうか、と彼はそのまま近くにあるショッピングモールの寂れたフードコートへ。わたしたちの他にもいくつか学生のグループがあって、中にはカップルらしき姿もちらほら。ちっとも色っぽくないけれど、端から見ればわたしたちも同じように見えるのかもしれない。

うーん、と悩む。

彼氏の弟と彼の知らないところで会うのってどうなんだろ。

とはいえ、言い訳をしてしまうと逆にやましいことをしている気になるし。

恋愛偏差値の低さが思いっきり表れてるなあ。

ストローでクリアカップに注がれたジンジャーエールをかき混ぜて、ずずっと啜る。

氷がいくらか溶けたのか、ちょっと水っぽかった。炭酸ももう感じられない。

やがて、トレイにラーメンの丼を載せた翔くんが帰ってきた。

「この前も思ったけど、この時間にそんながっつり食べて、よく晩ご飯も入るよね」

「いや、普通に腹減るって。昼飯食べて、四時間以上経ってるんだぜ？」

「太らない？」

「ふふぉふぁない」

ずぞぞぞとラーメンに夢中になっていた翔くんが呟く。

「なに？」

「むぐ。太らない。摂取したカロリー以上に体を動かせばいいだけだからな」

「うわー、体育会系のセリフだ。翔くんってあれでしょ。昼休みにわざわざ体育館でバスケとかするタイプでしょ？」

「わざわざってなんだよ。わざわざって」

「だって、わたしみたいなのからしたら信じられないんだもん」

「あー、あんた見るからに体育とか苦手そうだもんな」

最初の出会いが出会いだったからか、翔くんとは友達みたいな距離感で話すことができていた。変に遠慮しなくて済むというか。

「お礼、本当にそんなのでよかったの？」

「結構美味《うま》いんだぜ、ここのラーメン」

「深夜のカップラーメンより？」

「あん？」

「なんでもない。翔くんがいいなら文句はないよ。というかさ、あんたあんたって呼んでるけど、わたしには藤木六華っていう名前がちゃんとあるんだよ。忘れちゃった？」

「そっちが言ったんじゃないか。六華って呼ぶなって」

「もしかして、それを律義に守ってくれてたの？」

「当たり前だろう」

きょとんとしながら、首を傾げている。当たり前、か。そんな風に言えるのって、とてもすごいことだと思うんだけどな。普通、人は誰かの言葉に対してそれほどまでに誠実ではいられない。出会ったばかりの他人に対しては特に。

ぶっきらぼうのようでいて、翔くんの根っこの部分はとても柔《やわ》く、優しい。

言葉の端々や、動作。

そういう一つ一つに歩くんと近しいものを感じる。

わたしと若ちゃんの歩き方の癖みたいなものだ。同じ家で、同じように暮らし、同じように育てられたからこその類似点。

「ごめんなさい。それはもうなしで」

「そうか、わかった」

それから、翔くんが一心不乱にラーメンを啜り出すと、急に手持ち無沙汰になったわたしはジュースを飲むくらいしかすることがなくなってしまう。

ストローの先に舌を押しつけながら、小学生くらいの子たちが端のテーブルを陣取り、スマホでゲームをしている姿をぼんやり眺める。思考は飛ばさず、ただ瞳に映すだけというか。わたしから見て右の子がレアなキャラクターを手に入れたらしく、彼らは小さな画面を押し合うように覗き込んでいた。

「ご馳走様でした。あー、美味かった」

スープまでしっかり飲み干した翔くんが顔を上げると、唇が脂でちょっと光っていた。備えつけのペーパーナプキンを取り出し渡す。手だけでサンキューと伝えてきた翔くんが、それを受け取り唇を拭った。

「どういたしまして。そろそろいこうか」

「ん。その前に六華のスマホを少し貸してもらっていいか?」

「え?　いいけど。どうして?」

「連絡先を交換しておこうと思ってさ。兄貴に用があれば、これにメッセ入れてくれ。

もちろん、俺も見ることがあるかもしれないから、変な写真とか送ってくんなよ」

「送らないから。馬鹿じゃないの」

「うははは」

スマホを渡すと、翔くんがすいすいと操作してくれた。あっという間に、フレンド欄に彼の名前が登録される。わたしが自分でやるより幾分早い。

実はスマホの操作ってちょっと苦手だから、助かった。

「それとさ、あんたが兄貴と会う時間なんだけど」

「わかってる。今まで通り、金曜の夜だけ。それ以上は望まないから」

付き合うにあたって、改めて歩くんと決めたことだった。

わたしたちの交際に際して、翔くんに極力負担をかけないようにすること。もちろん、二人が体を共有している以上、どうしたって彼の時間をいくらかもらってしまうことになるのは前提条件としてあるのだけれど。

肉体的接触も、せいぜい抱きしめたり、手を繋いだりするまで。

キスとか、それ以上先のこととかは決してしない。

あまりに健全で、多分、世の恋人たちの感情に照らし合わせると不健全な付き合い方だけど、普通と違う出会い方をしたわたしたちだから、普通と違う付き合い方をしなくちゃいけない。

それでいいと、わたしも彼も思っていた。

決して後ろ向きではなく、前向きに。

そういう気持ちを自然に共有できる二人であることが、ただ愛しい。

「それ、兄貴にも言われたんだけどさ。あんたら、馬鹿だろ。背中を押した時点で、こっちはもう覚悟決めてるわけ。そりゃ、俺にも俺の予定があるから全部はやれないけど。んー、そうだな。週の放課後二日分と、土日のどちらかくらいは、まあ、持っていっていい。ラーメンも奢《おご》ってもらったしな」

言い方で理解する。

ああ、きっとこれを言いたいが為に、今回、彼は大人しくご馳走されたんだ。随分とひねくれていて、わかりにくくて、でもやっぱりとても優しい。

冬が過ぎて日差しと風が春の到来を歌う時みたいに、自然に唇が柔い弧を描いていた。

「わたしも結構なお姉ちゃん子だって自覚してるけどさ。翔くんも相当にお兄さん想いだよね」

「やめろ。俺は別にブラコンとかじゃない」

いくらか慌てた声。

「どうして、そんな必死に否定するわけ？」

「この年になってブラコンなんて、気持ち悪いだろ」

「そう？　わたしはそうは思わないけどな。自分の身近な人を大切にできるのってとても素敵なことじゃない。もし仮に、それで翔くんを馬鹿にする人がいたら教えて」

「なにをするつもりだよ」

「ふっふっふっ。ぶっ飛ばしてあげる」

「その細腕でか？」

「……無理かな」

「無理だろ」

ばっさり切り捨てられて、しゅんとしてしまう。ちょっと本気だったんだけどな。まあ、ぶっ飛ばすのは無理でも味方くらいはするよ。

仮に世界中が敵に回ったとしても、お兄さん想いの男の子を決して独りにはしない。

「しっかし、ぶっ飛ばすか。くくっ。思ってたより物騒なことを口にする女だな。でも、まあ、少しだけ兄貴が六華のどこを気に入ったのかわかった気がする」

不意に翔くんが腕を伸ばしてきた。反射的に両腕を上げ、かばうような姿勢を取ってしまう。その直後、わたしの手になにかがするりと入ってきた。

大きくて、いくらかごつごつしていて、温かいものだった。

わたしたちは握手をしていた。

「兄貴を、頼んだ」

翔くんは、ひどく優しく笑っていた。

「あれで、結構、抜けていることも多い。自分をちっとも顧みないしさ。昔から人のことばっかり考えて、損しているような人だったよ。だから、それを全部チャラに思えるくらいたくさん笑わせてやってくれ。もう、俺には兄貴と二人で遊ぶことはできないから。その役目を兄貴が選んだ六華に託す」

それからわたしの返事も聞かないままあっさり手を離すと、学校指定のやたらと重そうなコートを翻してトレイを手に去っていった。

その姿が見えなくなるまで、彼は一度だって振り返らなかった。

もちろん、わたしが追いかけることもない。

だって、翔くんが照れていることが赤くなった耳の裏から痛いほど伝わってきたから。


その日の夜、歩くんから初めてスマホにメッセージが届いた。

最初に真っ黒なだけの荒れている画像が送られてきたものだから、わたしは首をひねってしまった。この、中心にあるぼんやりとした白い靄みたいなものはなんだろう。

一体、彼はわたしになにを伝えたいのか。

答えは、五分くらいしてから届いた。

『月が綺麗ですね』

なるほど、この淡い輝きは月か。それにしてもなんて彼らしい言の葉なのか。きっと生涯、わたしは彼がくれたこの最初の一葉を忘れることはないだろう。心の中で押し花にして、今日という記憶のページに栞のようにそっと挟んでおく。

ストールを羽織って、ベランダに出た。

空には、白銀の光が輝いていた。満月に近い輝きはとても強く、薄い雲がかかったくらいじゃその存在を隠しきれない。

いくらか待って、雲が流れていったのをきちんと確認してから、わたしもまた彼に倣いスマホのカメラを月へと向けた。カシャン。ボタンを押すと、音がして一瞬が想いと一緒に永遠へと引き伸ばされる。

離れてはいるけれど、わたしたちは同じ空の下で同じ月を見ている。

同じ想いを抱いている。

まるで奇跡のようじゃないですか。

「月が綺麗ですね」

自分の気持ちをはっきり言葉にして、彼に返信することにした。ちょっとばかりくすぐったいけど、我慢する。かつて、夏目《なつめ》漱石《そうせき》が〝I LOVE YOU〟を訳したとされているその言葉を、文学少年である歩くんが知らず使っているはずがない。

少しだけ、死んでもいいわ、と定番の答えを返そうかとも思ったけれど、わたしたちの間にその言葉は不謹慎な気がしてやめておいた。

やっぱり五分くらいしてから、続きが届いた。

『また月の綺麗な夜に。おやすみ』

スマホに表示されている簡潔な文字が、月の光のように輝いていた。たった数回交わしただけの、なんてことないメッセージが宝物に変わる。

おやすみ、歩くん。

今日はとても素敵な夢が見られるだろう。

❄　❄　❄　❄　❄

改めて自覚した時、恋というものの強大さに溜《た》め息《いき》を吐きたくなる。これまで漫画だとか、小説だとか、映画だとかで恋愛というものに触れてきたつもりではあったけれど、今ではもう全然足りない。

恋はどこか病に近かった。

一歩、その境界線の先に足を踏み入れた瞬間に、世界の中心は彼に取って代わり、ありとあらゆる美しいもの――それは、駅前のイルミネーションだったり、空と地上とを結ぶ銀色の雨だったり、夜空に燦然《さんぜん》と輝く月や星の光だったりするのだけど――が、画家が主題を引き立てる為に描き添えた焦点の曖昧なその他大勢と化してしまう。

なにも報告していないのに奈月ちゃんはどこか慈愛に満ちた目をして肩を叩き、対照的に京香ちゃんは裏切り者、ともちろんわざとらしくわたしをなじった。

ああ、この全能感はなんなのか。

ふと、中学の時に授業で習った藤原道長《ふじわらのみちなが》が歌ったという歌を思い出した。


『この世をば　我が世とぞ思ふ　望月《もちづき》の　欠けたることも　なしと思へば』


この世界は自分の為だけにあるみたいだ。満月のように欠けたところがない、とかそんな意味らしい。

あの夜空に浮かぶ月にだって手が届くのだと、なんの根拠もなくわたしは信じていた。

いや、あるいはもうわたしの両手は月で満たされているのかもしれない。

歩くんが撮って送ってきてくれた月の写真を、わたしはお守りのようにスマホのホーム画面に設定している。

「わかりやすく浮かれてんなあ」

「えへへへ」

目を細ーくしてわたしを弄《いじ》ってくるのは、カントクさんだった。

歩くんと一緒に映画鑑賞会に参加すること数回、最初の頃のぎこちない距離感が嘘のように自然と話せるようになっていた。

「よし。祝いだ。お前たちの為に今日はとっておきのラブストーリーを流してやる」

「え？　本当ですか？」

「ああ、任せておけ」

そう胸を叩いて、自信満々にカントクさんがわたしたちに選んでくれた一作は『花束みたいな恋をした』という映画だった。

それは多分、どこにでもある恋の始まりと終わりを描いた物語。

花束は美しいけれど、いつまでもその美しさを保ってはいられない。時間と共に俯き顔になり、日常がじわじわと忍び寄り枯れていく。恋というものがどこか病的で不変ではないということを強制的に自覚させられる物語であり、その只中にいるわたしや歩くんが、今、一番目を背けていたいリアルでもあった。

主人公が描いたとされるイラストが使用されたエンドロールが流れていく中、カントクさんを非難するように歩くんと二人で睨むと、彼はにやりと笑っていた。

してやったりといった表情。

「俺はね、身近な奴に恋人ができると必ずこの映画を見せるんだ」

「カントク、性格悪すぎじゃないですか？」

「いやいや、これはな、恋する若者たちへ送る教訓なんだぜ？　若い頃の恋が最後までいきつくなんてことはめったにない。俺の周りの奴らで結婚までいったカップル、片手の指の数より少ないもん。けどさ、お互いの生活がズレて別れる日がきても、それでもこの映画の二人は最後まで晴れやかだっただろう。だから、お前たちにももし別れの時がきたら、ああいう風に終わってほしいって、そんな願いを込めてチョイスしたんだ」

「なるほど、確かに爽やかな終わりでしたもんね。ものすごく面白かったし」

わたしが妙に納得して頷くと、歩くんがペチンとおでこを叩いてきた。音だけは大きかったものの、全然痛くない。そういう叩き方をしたのだとわかった。

「このお馬鹿。なに、破局前提で進められている話に頷いているんだよ」

「は、確かに。カントクさん、やっぱり性格悪い」

「うははは」

「僕は破局するより、六華が悪い大人に騙されないかが心配になった。頭痛い」

「よし、次は新海《しんかい》誠《まこと》監督の『秒速5センチメートル』にするか。それとも『ジョゼと虎と魚たち』がいいかな。ジョゼはアニメじゃなくて、実写の方な。どっちも名作だから迷うなあ」

「「ちょっと待って」」

思わず二人綺麗にハモって突っ込んでしまう。

それらはわたしでも知っている有名な失恋映画じゃないか。

結局、その日は四本も立て続けに失恋映画を見る羽目になってしまった。とはいえ、悔しいことにどれも面白くて画面から目が離せなかったのだけれど。

それは、ぶつぶつ文句を言っていた歩くんも同じらしい。

わたしより目を赤くして、それでも真剣に画面に食い入る横顔が、映画の明かりに濡れていた。そんな彼のことをフィルムに焼きついた夢のような景色より美しいと感じてしまうわたしは、やっぱり美しい花束みたいな病の只中にいるのだろう。

四季の中で一番長い冬の夜明けを待ちながら、映画を見終わったわたしたちは部屋の掃除を開始した。二時にOLさんが帰り、四時におじいさんが寝落ちしてしまったから、わたしと歩くんとカントクさんの三人での後片付けだ。歩くんが洗い物をして、わたしがゴミの分別。カントクさんは、プロジェクターやノートPCの撤収作業。

「そういえばさ、お前たちにはまだ言ってなかったな」

「なにをですか？」

歩くんが蛇口をひねってお湯を止め、首を傾げた。

「この映画上映会、今週で終わりなんだ」

「え？　どうしてですか？」

「この前アップロードした映画を見て、声をかけてくれた人がいてさ。東京に出ることに決めた。この部屋もじきに引き払う。いよいよ本格的な映画を撮り始めるよ」

「夢を追うんですね」

おう、と白い歯を剥き出しにして笑ったカントクさんは、やっぱり小さな子供みたいだった。ああ、いや、あるいは彼は本当に子供なのかもしれない。

普通、成長していく過程で、わたしたちは夢を捨てていく。

かつて、なんにでもなれるよ、なんて根拠なく笑っていた大人たちの態度は一変し、現実を見ろ、と口を揃えるようになり、その現実って怪物の強固さに人はつい楽な道を選んでしまう。

大人になるということは、悲しいけれどそういうことだった。

いつまでも人はピーターパンではいられない。

けれど稀《まれ》にカントクさんみたいな人がいる。夢を諦めない強い人が。賢いと自負する大人たちは彼を笑うだろう。蔑んだり、叱咤《しった》することもあるかもしれない。

けれど、わたしはそれを僻みだと思う。

夢を諦めるしかなかった人たちが、夢を追いかけ続けることを決めたカントクさんの強さを認められないだけ。

「でも、そっか。寂しくなりますね」

「俺がいなくても大丈夫さ。ガキたちは、いざとなったら助けてくれる大人との繋がりができた。孤独な大人にとってもそれは同じ。居場所ってのはな、要は誰かとの繋がりなんだ。心ともいうか。人は孤独では生きていけない。ただ、自分を気にかけてくれる誰かがいれば、一人だって生きていける」

ああ、この人はお祖父ちゃんと一緒のことを口にしている。基本的に頭がいいんだろう。勉強ができるとか、成績が優秀だとか、そういうことじゃなくて。

成功しても失敗しても、笑って生きていける強い人。

「俺たちはさ、同じ映画を見たことでこれからも繋がっていく。もちろん、お前たちもその輪の一部なんだぞ。忘れるなよ」

「長いこと、お世話になりました」

歩くんがカントクさんの前にいって、きちんと頭を下げた。わたしもそれに続き、同じようにする。

ゴミ袋を持ったままっていうのが、少々、いや、かなり滑稽だったけれど。

「頭を下げられるようなことはしてねーぞ。俺はただ、ダチ公と好きな映画を見てただけ。やったのは、せいぜい、そうだな。映画の再生ボタンを押したくらいなもんか」

「そのボタンに救われた人は多いですよ」

「だったら、光栄だな。それこそが、きっと映画の持つ強さだ。俺がこれからの人生を懸けるに値するってことだろう。なあ、おい、歩。それから、六華。前にも言ったけどさ、いつか、俺が撮った映画も見てくれよな。約束だ」

「ええ、約束です」

「わたしも約束します」

「めちゃくちゃに酷評してやりますよ」

「おい、やめろ。マジでやめてくれ。クリエイターって生き物はメンタル弱いんだぞ」

「「あははは」」

「笑い事じゃねーって。たく」

「「あははは」」

わたしたちは笑った。笑い続けた。別れの最後の瞬間まで、笑顔があった。それは今日見た、映画のワンシーンのようだった。楽しい思い出が多ければ多いだけ〝さよなら〟は悲しくなるものだけど、いつだって泣いていなければ悪いって決まりがあるわけじゃない。

もしかしたら、カントクさんがわたしたちに本当に伝えたかったことはそんなことなのかもしれない。笑顔のまま交わせる〝さよなら〟もあるのだと——。

いつまでも記憶の中で美しく咲き続ける花束みたいな思い出を最後に残して、カントクさんはわたしたちの町から去っていった。

「年末は実家に帰らないから、お父さんたちによろしく言っておいて」

就寝前のストレッチに励みながら、スマホのスピーカーから聞こえてくる若ちゃんの声に耳を澄ます。肘で大きく円を描くようにして、前から後ろへゆっくりと肩を回していく。右が終われば、左へ。

＊＊＊＊＊

一、二、三、四、五。
その後、胡坐《あぐら》の状態で、ぐーっと両腕を天井に向かって伸ばした。肺の奥から息を吐く。吸う。吐く。お腹がへこんで、膨らんで、へこむ。

「どうして？」

「だってこの前、帰ったばかりだもの。それにこっちでやることもあるし。今ね、結構、充実しているんだ。思ってたより、奥が深くってさ」

東京へと戻った若ちゃんは見違えるくらい元気になった。その元気が空元気じゃないことは、声に込められた力から十二分に伝わってくる。

変わったことはそれだけじゃなく、前より頻繁に電話をくれるようになったし、愚痴とか恋の話もするようになった。歩くんとのことを報告すると、自分のことみたいに喜んでくれた。よかったね、と。

「若ちゃん、なにをやってるの？　後ろから大きな音が聞こえてくるんだけど」

「んー、まだ恥ずかしいから秘密。その内、教えてあげる」

と、再び背後から男の人の声で若ちゃんの名前。

あいあーい、と若ちゃんが応える。

「ごめん。休憩終わっちゃったから、練習に戻るね。また連絡するから。ばいばーい」

そうして一方的に通話は切られてしまった。喧騒《けんそう》も同時に消え、部屋の中がしんと静まり返る。それにしても、さっきの男の人は誰なんだろう。話を聞く限り、新しい彼氏って感じではないみたいだけど。ああ、練習とかって言ってたっけ。

新しいサークルにでも入ったのかな。

若ちゃんが楽しそうなら、なんでもいいけど。

いろんなことを考えつつ、次は太もものストレッチ。足にタオルをかけて、両手で引っ張りながら太ももの裏側を伸ばしていく。こちらも右が終われば左。一つにつき、三十秒ずつ。一、二、三。と、二十四つ目の数字を数えたところで、先ほど口を閉ざしたばかりのスマホがまた震え出した。
二十五、二十六。
画面も見ずに一瞬だけタオルから手を離し、スマホをタップ。

すぐにタオルを持ち直し、ストレッチを再開する。

二十七、二十八、二十きゅ――。

「おい、六華。どうせクリスマスイブは暇してるんだろう。デートにいくぞ。デート」

はい？　と、耳を疑った。思わず、数えていた数字がわからなくなる。ええっと、なんだったか。そう、二十九が終わった。終わったっけ？　いいや。終わったことにしよう。次はラストの三十だ。よし、三十。

早口に数え終えたところで、今、言われたばかりの言葉をようやく咀嚼した。

「ええっと、歩くん？　どうしたの、いきなり」

電話の声は、確かに歩くんのものだった。

言葉遣いに違和感バリバリだったけど。

「なにを言ってんだ。寝てたのか？　俺は翔だ」

「それだと、むしろそっちがなにを言ってるのって感じなんだけど。どうしてわたしが、イブに翔くんとデートしなくちゃいけないわけ？」

「はあ？　どうして俺があんたとデートするんだよ？」

「いやいや、今、翔くんが誘ってきたんじゃない」

「馬鹿か。やっぱり寝ぼけてたんだな。俺とじゃなくて、兄貴とに決まってんだろ」

「歩くんと？」

「聞いたぞ。俺に気を遣って、二十四日に予定を入れなかったらしいな」

それは少し前に、二人で出した結論だった。

クリスマスイブは、翔くんがクラスのパーティーに参加することがもう随分と前に決まっていたらしい。

だから会えない、ごめん、と歩くんはわたしに手を合わせた。

もちろん、いくらか寂しさはあったし、全く期待していなかったといえば嘘になるけれど、先約は優先すべきだし、なにより、わたしだって二人の都合で翔くんを困らせることは本意ではなかった。

代わりに前日に会う約束もしてくれたので、わたしの中でその件はすっかりと片付いてしまっていたのだった。

「気を遣ったっていうか、翔くん先約があるんでしょう？」

「いや、先約っていっても、所詮、クラスのクリパだぞ？」

「先約は先約じゃない。大事なことよ」

「つーかさ、クリスマスイブに自分以外を優先する男でいいのか？　普通は破局すると思うんだが」

「うそぉ」

「いや、マジで。大抵の男は彼女とのイベントを優先させるって。あんたさ、本当に兄貴のこと好きなわけ？」

「好きだよ、もちろん」

「じゃあ、そこは怒るところだろう。わがままの一つくらい言えよ。あんたがそんなんだから、兄貴が俺の用事を優先するなんて世迷言《よまいごと》を言い出すんだ」

「でも、だって。わたしは歩くんのそういうところを好きになったわけだから」

「のろけんなよ」

「そっちが先に疑ってきたんじゃない」

「まあ、いいや。とにかく、二十四日は兄貴とデートしろ。来年はクリスマスデートなんてできるかどうかわからないんだから」

言われて、心臓が痛むように跳ねた。

「え？　それってどういう」

「来年は俺にも超美人で気立てのいい彼女ができてるかもしれないだろ？　その時は、流石に譲ってもらうから」

「ああ、なるほど。そういうこと」

「あるいは、そっちが別れてる可能性もあるし」

「む、大丈夫だよ。そんなこと絶対にないから」

「付き合い始めたばかりの奴らは決まってそう言うもんさ」

それから二人で協議を交わした結果、昼から夕方まで翔くんがクラスのクリスマスパーティーに参加して、夜から歩くんがわたしとデートすることで落ち着いた。

立ち上がり、窓の傍に立つ。

はあ、と息を吹きかけると一部分が白く染まった。そこに指先を伸ばし、冷たさを感じながらゆっくりと動かした。

12と／《スラッシュ》、そして24。

約束の日付を刻み込む。

端からすぐに水が垂れて、やがて文字はその形を保てなくなってしまったけれど。

「ね、翔くん。ありがとう」

「別にあんたの為じゃないし」

「あははは。ほんっとうに、翔くんはお兄さん想いだ」

「うるせえ」

やたらと照れる素直じゃない男の子に、わたしは延々と感謝の言葉を送り続けた。ありがとう。本当にありがとうね、翔くん。

なんだかんだと言いつつ、デートができるのは素直に嬉しい。

しかも、クリスマスイブ。

最高のことだった。

「なんというか、すごかったね」

「ああ、すごかった」

聖夜、レストランからの帰り道。

わたしと歩くんは、ひたすらにすごいという言葉を呟き続けていた。翔くんが予約してくれたというお店はフランス料理の名店で、ドレスコードはないまでも店内にいたお客さんは揃って綺麗な格好をしていた。せっかくのクリスマスデートということでそれなりの格好をしていなかったら、席に着く度胸もなかっただろう。

「歩くん、珍しく緊張していたね」

「六華ほどじゃなかったけれど。まさか食器を下げるのを止めるとは思わなかったな」

「あれは、その。はい。以後、気をつけます」

周りの人たちは大人ばかりで、どう見ても高校生カップルでしかないわたしたちは、はっきり言って浮いていた。

当然、マナーなんてちっとも頭に入っていないわたしは、並べられた同じ形の銀食器を予備だと勘違いしてしまい、使ったスプーンをお皿と一緒に下げられそうになったのを思わず止めてしまったのだった。しかし、一流のお店というのは流石で、ウエイターさんはわたしの粗相を笑うことなく、どころかさりげなくフォローしてくれた。

アミューズ、オードブルと続いていくコースの説明を受けながら食べ進め、途中、やたらと美味しいパンを頼み続けていたら歩くんにやっぱり笑われ、最後のプティ・フールまで食べ終えた頃には、満足感と同時にいくらかの疲れが体の隅々にいき渡っていた。

フルコースというのは、食事というよりアトラクションに近いというのが正直な感想。

きっと、いろんな経験を重ねた大人だと十二分に楽しめるのだろうけれど、まだまだ高校生でしかないわたしにはいくらか敷居《しきい》が高かった。

いつか、ワインの銘柄の一つでも覚えた頃にまたいきたいな。

「それよりも、お金は大丈夫だった？　高かったでしょう」

「お金のことを口にするのは野暮じゃないか？　女の子は、ご馳走様って言っておくだけでいいものさ。それで十分、釣り合うよ」

「はい。ご馳走様でした」

「どういたしまして。前にも言ったかもしれないけど、本当に気にしなくていいから。使う当てのなかったものがこうしてあなたの為に使えているんだから、むしろ有り難いくらいなんだ。それに、僕もやっぱり男だからね。好きな女の子の前では格好つけたいって気持ちも正直ある」

「それ、素直に言ってもよかったの？」

「言わない方が格好よかったかも。忘れてくれる？」

「嫌だ。歩くんとの思い出はどれもずっと覚えている」

「六華はとても意地悪だ」

「あ、コンビニ。ねえ、肉まん買わない？」

「あなた、まだ食べるわけ？」

呆れたように歩くんが肩をすくめた。

わたしはそれを気にしていないような素振りで、コンビニの明かりに向かって歩いていく。足元に白色の光がチラチラと弾け輝いていた。

「だって、さっきの料理はとても美味しかったけれど、とても緊張していたから。日常というか、食べ慣れたもので締めたいの」

「そこでアイスじゃなくて、肉まんっていうのが六華らしいね」

「アイスだと分けるのが難しいじゃない。流石にお腹がいっぱいだから、二人で分けられるものがいいなって」

「なるほど。いいよ。買おうか」

「あ、ここはわたしが払うから」

「駄目駄目。今日は全部、僕が持つ。クリスマスプレゼントってことで」

「あ、そっか。プレゼント。ごめんなさい。わたし、こういうこと初めてですっかり忘れてた」

「大丈夫。僕はあなたとの素敵な時間をもらってるから」

「でも、それだと不公平だよね。わたしもとても楽しいもの」

ふむ、と歩くんが考えるように一拍置いて、だったらさ。

「一つお願いしてもいい？　二月になったらチョコをプレゼントしてくれないか？」

「それって、二月の十四日ってこと？」

その日は製菓会社が仕掛けたであろう、乙女の聖戦の日だった。

「モテない男としては、憧れがあるんだよ。彼女からの本命チョコって奴に」

「もちろん、構わないけど。というか、絶対に贈らせてもらうけど」

「けど？」

「歩くんがモテないっていうのは、疑わしい。白状しなさい。モテてたよね？」

「そんなことないって。翔は昔からたくさんの女の子から好意を寄せられていたけどね。僕はさっぱりだった」

「えー、本当に？」

「僕を好きだって言ってくれた変わり者は世界中で六華だけだよ」

それは果たして、謙遜なのか、鈍感なのか。真実ではないだろう。世の女性の目が、そんなに節穴ばかりだとは思えない。

とはいえ、彼女としては強力なライバルがいないというのは素直に安心だった。

わたしは素敵な彼氏を見せびらかしたいというより、自分だけがよさを知っておきたいと思うタイプなのだ。

「ま、そう言い張るならそういうことにしておきましょう」

肉まんだけを買ってコンビニを出る。

歩きながら、はい、と歩くんが割ってくれた肉まんに齧りつく。

もくもくとのぼっていく白い湯気の先で、オリオンが夜を走っていた。オリオンのベルトと呼ばれる三連星。それを南東へ伸ばしていくと、全天で最も明るい一等星であるシリウスに辿り着く。それを起点に、赤みがかったベテルギウスの輝きとこいぬ座のプロキオンを繋ぎ冬の大三角を形作る。

ああ、プロキオンは冬のダイヤモンドの一角でもあったっけ。

「美味しい。やっぱり冬は肉まんだね」

「僕はなんだか複雑だよ。コースのメインを食べている時よりいい顔しているもの。あんなに豪華なステーキだったのに」

「ああ、あのお肉も美味しかったね。厚いのにとびきり柔らかくて。ソースも絶妙だったし。だけどさ、美味しさの種類が違うよ。肉まんはね、こうして誰かと分け合うから美味しいの」

なんて偉そうに言ってみるけれど、実は子供の頃、わたしは誰かとなにかを分かち合うことが苦手だった。自分のものなのに、自分じゃない誰かのせいで取り分が減ってしまうことが悲しかったのだ。

克服したのはいつだったか。

はっきりとは覚えていないけれど、おそらく、若ちゃんから学んだのだろう。そう、学んだ。誰かにあげることを。そしてそれはただ失うだけのことではなく、同時に目に見えないなにかをこちらもきちんと受け取っているのだということを。

喜びとか、嬉しさとか、愛とか、祝福とか。

まあ、そういう類のものだ。

若ちゃんは惜しみなく、わたしにいろんなものを分け与えてくれた。

とても大切なことを考えている気がしたけれど、上手く言葉にして伝えられる自信がなかった。言葉という概念は強すぎるが故に、型に当て嵌《は》めた瞬間にいくらかの欠片が端から零《こぼ》れ落《お》ちてしまう。

その取り損なった欠片にこそ、真理が宿っていたりするし。

「なんとなく、六華の言いたいことはわかるよ」

それに、まあ、雰囲気だけで伝わる時だってある。たまにだけどね。

わたしたちは肉まんを並んで食べ、同じ速度で歩き、最後には手を繋いでいた。それはすごく自然なことだった。クリスマスの夜に恋人とデートしているというのにキスの一つもないけれど、こうして傍で歩くんを感じられるなら、悪くない。本当に悪くない。

ふと思い立ち、いつか読んだ小説の一節をそらんじてみることにした。

『僕たちと一緒に乗って行こう。僕たちどこまでだって行ける切符持ってるんだ。』*

そう、歩くんにお勧めしてもらった『銀河鉄道の夜』だ。何度も何度も読み返していたから、お気に入りのシーンのいくつかは暗唱できるくらい覚えてしまっていた。

彼は微笑みながら乗ってきてくれた。

会話という名の銀河鉄道に。

『だけどあたしたちもうここで降りなけぁいけないのよ。ここ天上へ行くとこなんだから。』

『天上へなんか行かなくたっていいじゃないか。ぼくたちここで天上よりももっといいとこをこさえなけぁいけないって僕の先生が云《い》ったよ。』

『だっておっ母《か》さんも行ってらっしゃるしそれに神さまが仰《お》っしゃるんだわ。』

わたしたちは代わる代わる、物語の登場人物に成りかわった。

ジョバンニになり、カムパネルラになり、銀河鉄道に乗っていた青年や女の子になり。

『カムパネルラ、また僕たち二人きりになったねえ、どこまでもどこまでも一緒に行こう。僕はもうあのさそりのようにほんとうにみんなの幸のためならば僕のからだなんか百ぺん灼いてもかまわない。』*

『うん。僕だってそうだ。』

『けれどもほんとうのさいわいは一体何だろう。』

『僕わからない。』

二人は気付いてなかったのだろうか。〝みんなのほんとうのさいわい〟は、その手の中にあることに。どこまでだっていける切符に記されていることに。

もうさ、きちんと摑んでいるんだよ。

わたしたちも同じだ。

これでわたしが『銀河鉄道の夜』を読んだことが歩くんに伝わっただろう。その結末を、二人の未来を、わたしがすでに知っていることもわかっただろう。

わたしの決意や覚悟だって。

それでも彼はなにも指摘せず、代わりに『銀河鉄道の夜』のセリフを紡ぎ続けた。

それが彼なりの答えだった。

『僕たちしっかりやろうねえ。』

そうさ、しっかりやろう。

『どこまでもどこまでも僕たち一緒に進んで行こう。』

そう言い隣を見ると、わたしのカムパネルラはまだそこにいた。そのことに安堵して、これが夢じゃないんだと実感した。

ああ、と歩くんが頷く。

「──歩くん、わたしたち一緒に行こうねえ」

わたしたちは、小説に記されていない物語の先を紡いでいく。

＊　＊　＊　＊　＊

聖夜から一週間が過ぎると、一年が終わりを告げた。

若ちゃんのいない大晦日《おおみそか》。

お父さんたちは早々に寝てしまい、こたつで一人、テレビから流れてくる『今年も残りあとわずかになりました』の声をまどろみの淵で聞いた。新年への希望とか、今年への寂寥《せきりょう》とか、そういうのをちっとも滲ませないいつもの淡々とした声で、テレビの中のキャスターさんが語りかけてくる。

『今年も様々なことがありましたね』

別れがあり、出会いがあった。

『みなさんはどうお過ごしでしたか？』

泣いて、笑った。

『来年はどんな年になるでしょう？』

わからないけど、楽しくなればいい。いつまでもいつまでも、隣に一人の男の子がいてくれたら、それだけでもう十分だ。
三、二、一。
カウントダウンが始まっても尚、わたしは眠りのほとりから上手く帰ってこられない。

ゼロ、と声がする。

『ハッピーニューイヤー』

一年の始まりに、花火みたいな歓声が打ち上がる。

それを見計らっていたように、スマホが震えた。手探りで見つけて画面をタップ。あい、と自分でもびっくりするくらい乾いた声が出た。

「あ、ごめん。寝てたかな？」

どれだけの声がかかろうとも少しだってまどろみから抜け出せないでいた魂なのに、彼の何気ないたった一言で跳ね起きてしまうから不思議だ。

まるで眠り姫に出てくる王子様のキスのよう。

「お、おはよう。歩くん。えへへへ」

「明けましておめでとう、六華。やっぱり寝てたんだな。声がふにゃふにゃしてる。それで急なんだけどさ、よかったらちょっと出てこれない？」

「初詣のお誘い？」

「そう。デートのお誘い」

「いく。すぐにいく。どこにいけばいい？」

「落ち着きなさい。こっちから迎えにいくから、風邪をひかないように温かい格好をして待っているんだよ」

「はあい」

こういう時、きちんと言葉に従わず露出のある格好をしていたら歩くんは本気で怒るので、厚手のコートを羽織る。とはいえ、わたしだって女の子なわけで。所謂年頃で、好きな男の子とのデートなわけで。少しくらい可愛いと思ってほしいわけで。

ちょっとだけ反抗して、スカートを選んだ。

三十分くらいしてやってきた歩くんはそれを見て、

「あなたは本当に仕方がないな」

と笑っていた。

それで終わりかな、といくらか残念に思っていたけれど、二人並んで少し歩いたところで、こっそりとわたしにだけ聞こえるくらいの小さな声で、似合ってるよ、なんて恥ずかしそうに言うのだから反則だと思う。

近所の神社はたくさんの人で賑《にぎ》わっていた。

甘酒を飲んで、おみくじを引いた。

わたしも彼も、共に〝吉〟だった。よいことも悪いこともそれなり。うん。まさに人生って感じ。恋愛の欄が〝今の人が最良。迷うな〟とあったので、とりあえず満足しておく。わたしにとっては〝大吉〟と変わらない。

「吉と中吉ってどっちの方がいいんだっけ？」

「諸説あるけど、大吉、吉、中吉、小吉の順だったと思う」

「上から二番目か」

「ほら、六華。木に結んでお参りにいくよ」

わたしと彼の二つの運勢を、歩くんが高いところに並んで結んでくれた。その、二人の未来を並べた指先が、するりと自然にわたしの手に収まる。

それは御神前で手を合わせるまで続いた。

軽く会釈をし、賽銭《さいせん》箱にお金を放り、鈴を鳴らして二拝二拍手。それからお賽銭の金額では不釣り合いなほどのお願いをたっぷり祈ってから、最後に一拝。

そうして顔を上げると、隣にいた男の子が変わっていた。

いや、姿形はそのままなのだけれど、わたしの瞳には違って映っている。無色透明ではなく、青色の命に包まれた魂。

翔くんだった。

「あれ、どうして翔くんが出ているの？」

「すげえな」

「なにが？」

「本当に一目でわかるんだな、俺たちのこと」

「まあね」

言いながら、歩き始める。もうわたしが彼と手を繋ぐことはない。それって浮気だし。気にしないように見えて、あれで歩くんはわかりやすく拗ねるし。

境内には屋台がいくつか並んでいた。お好み焼きを売っているお店の前を通ると、焦げたソースの音とマヨネーズの匂いが食欲をくすぐった。

もちろん、深夜の炭水化物は乙女の大敵なので我慢しておく。

「最近、こうなることがたまにあるんだ。強制的に兄貴が引っ込んじまうっていうかさ。前に比べて表に出てくる時間が増えてるから、単純に疲れてるのかもしれない」

「大丈夫なのかな」

「まあ、大丈夫だろ。少し休んだら、けろりとしてるし。一応、次、病院にいった時、先生にさりげなく聞いておくから」

「病院？　どこか悪いの？」

「ああ、違う違う。そんなんじゃない。ほら、俺の心臓は元々兄貴のものだろう」

トン、とさっきまでわたしに触れていた指先が、翔くんの胸元、心臓のあたりをノックした。

「だから拒絶反応の心配があって、手術が成功した今でも検査とか免疫抑制剤が必要なわけ」

「なるほど。大変なんだ」

「もう慣れちまったけどな。そんなわけで悪いんだが、今日はここいらでお開きにしてくれ。あ、この埋め合わせはするようにきちんと伝えておくから心配すんな。デートに誘った側が先に帰るなんてありえないものな」

「ふふ。期待しておくね」

結局、その日は翔くんに家まで送ってもらった。

途中、自動販売機でホットのお茶を買ってカイロ代わりにする。真正面からやってきたトラックのライトに目が眩む。チカチカと瞳の奥が痛んだ。世界は真っ白な光の中にあって、それが通り過ぎてしまうと、今度は闇がさっきより強く周りを覆った。そう。光が強ければ強いだけ、闇もまた濃くなる。

わたしたちは闇の中を歩き続けた。

雲は厚く、今宵《こよい》は月の光も届かない。

終わりが始まろうとしていることに、この時のわたしはまだ気付いていない。

＊＊＊＊＊

季節を冠する休暇の中で最も短い冬休みが明けてすぐ、若ちゃんから電話があった。

「今度、ライブがあるんだよね」

夜食用に買ってきたイチゴを齧ると、程よい酸味と甘みが口いっぱいに広がった。たまにこの赤い果実は恋の味だなんてたとえられたりするけど、なるほどな、と思う。たくさんの人が焦がれる気持ちがよくわかる。

ごくりと喉を鳴らし、きちんと果汁を呑み込んでから尋ねた。

「ライブ？　誰の？」

「わたしが出るの。ギター&ボーカルでね」

「若ちゃん、ギターなんか弾けたっけ？」

「ううん。触ったこともなかったわね。東京に戻ってきてから猛練習したの。いやー、指の皮が随分と厚くなっちゃった」

嬉しそうな声。

「にしても急じゃない？」

「実はそうでもないの。前からボーカルだけでもって誘われててさ。まあ、ずっと断ってたんだけど。でも、男の子にこっぴどく振られた女の子が、髪をばっさり切ってギター片手にシャウトするのって定番じゃない？ いい機会だし、やってみようかなって」

「定番かなあ」

「ド定番よ」

若ちゃんがこれほどまでに活き活き《いい》としているのはいつぶりだろう。なにか新しいことを始める時、いつもこんな風に張り切っていたっけ。

お父さんと同じように、彼女は走り始めることを厭《いと》わない。

そして、季節よりずっと早く次の場所へ辿り着く。

「だからさ、チケット送ったげるから見においで」

「いいの？」

「六華ちゃんのおかげで吹っ切れたようなもんだしね。あと、噂の彼氏くんも見てみたいな。紹介してよ」

「ああ、うん。それはどうだろう」

「あり？ もう喧嘩でもしたの？」

「いや、喧嘩じゃないんだけど。彼、最近ちょっと元気がなくて」

最後のイチゴを噛んだら、ぷちっと弾けた。酸味の強い個体だったらしく、ほんの少しだけ目をきゅっと瞑ってしまう。ああ、口の中が酸っぱいや。

「ふうん。ま、無理にとは言わないけど、誘ってみるだけ誘ってみたらどう？」

「そうだね。そうしてみる」

流れで歩くんにメッセージを送ると、すぐに返信がきた。大丈夫。ライブなんて初めてだから楽しみ。ほっとして、わたしも初めてだからお揃《そろ》いだね、と送り返す。こうして二人でいろんなことを経験していけることが、単純に嬉しい。

そしてライブ当日、わたしは歩くんと二人で東京へ向かう新幹線の中にいた。

「どのくらいで着くのかな」

「東京駅までは、ええっと、二時間かからないくらいじゃないかな。本当に近いよ。あ、新幹線代は後で払うから」

珍しく歩くんがそんなことを言った。

それは普段、わたしのセリフだ。

「いいよ。こっちが誘ったんだし。チケット代を払ってくれたの、若ちゃんだし」

若ちゃんはライブのチケットだけではなく、新幹線のチケットまで一緒に送ってきてくれた。もちろん、きちんと二人分。お礼の電話をすると、高校生に新幹線代は中々高いから、なんてけらけらと笑っていた。

「代わりにボディーガードしてもらいなさいって」

「ボディーガード？」

「都会を知らない田舎娘だから。一人で東京を歩かせるのを心配してたみたい」

わたしが人混みがあまり得意じゃないっていうのもある。人が多ければ多いだけ、死を纏う人とエンカウントする確率が高くなるから。

「なるほど。それは責任重大だ」

「頼りにしてます」

「任せておいて」

どこか誇らしげに胸を叩く歩くんは、いつもの彼に見えた。

初詣からこっち、歩くんはデートの際に翔くんと交代することがあった。そのたびに、翔くんに謝られた。お医者さんのことを聞くと、不思議な表情を浮かべるだけで彼は言葉を濁すばかり。ただ、薬は減っている、と言っていた。上手くいけば病院に通う頻度も減るかもしれない、と。

それでも、言いようのない不安は解消されないまま、わたしの胸で淀《よど》み続けている。

新幹線はすごいスピードで景色を置き去りにしていった。

窓の外を、びゅんびゅんと音を立てながら風景が飛んでいく。次第に知っている町の色は消え、代わりにビルが増えていった。東京は初めてではないけれど、やっぱりまだ緊張してしまう。

歩くんの言う通り、東京は近くてすぐに辿り着いてしまった。

地下鉄に乗り換えて、表参道《おもてさんどう》で降りる。

いつかテレビで見た町。

ライブまで時間があったから、オシャレなカフェでご飯を食べて適当にお店を回ることに。その頃には緊張も解《ほぐ》れ、地元とは全く違う品揃えに興奮してしまう始末。きゃあきゃあと叫ぶわたしに歩くんは呆れていたけれど、文句も言わず付き合ってくれた。

奮発して、アニエスでカシミヤのストールを購入。色は歩くんが選んでくれた桜色だ。センスがないから、とやたらと恐縮する彼に無理やり迫った形になったけれど、いざ決めるとなった時には真剣に悩んでくれたのが嬉しかった。

包んでもらわず、そのまままつけてお店を出ることにする。

未だ冬を孕んだ風の中、気の早い桜のピンクが舞う。

「どう？」

「似合ってるよ。何度も言ったけど」

「えへへへ。それでも何回も聞きたくなるの」

「やっぱり、六華も女の子だよね。僕だったらそのまままつけて帰るなんてしないもの」

「そうなの？」

「まずは家に帰って、一人でじっくり楽しみたいじゃないか。持っているアイテムと色々組み合わせてみたりとかさ」

「もったいないよ。買ったなら、すぐに使わないと。このワクワク感は賞味期限が短いのです」

新品のストールを巻いて、知らない町を恋人と二人きりで歩くのはすごく楽しかった。明治神宮外苑《めいじじんぐうがいえん》の銀杏《いちょう》並木はシーズンからいくらか外れ空風に吹かれていたけれど、冬独特のモノトーンが放つ寂寥感は嫌いじゃない。そう、寂しければ誰かと一緒にいる言い訳になる。寒ければ、誰かと寄り添える理由になる。

世界って、眺め方一つで鮮やかになっていく。

都会の日没は早く、まだ五時前だというのに夜の足音が聞こえてきた。すると、町はその表情を一変させてしまう。

人工の光の中で、星たちの輝きはひどく遠くにあった。

初めてのライブハウスは大人の空間という感じが強くて、また緊張してしまう。しかしチケットとは別にドリンク代を支払い会場へ足を踏み入れると、途端、暴力的なまでの音に肌がビリビリと震えて緊張は全部吹き飛んでしまった。

「うわ、すごい」

オールスタンディングで、二百人は入れそうなハコの四分の三くらいが埋まっていた。

若ちゃんのバンドが出てくるのは三番目らしいので、それまでは後方でジンジャーエールの炭酸を楽しみつつ音の奔流に身を置くことにする。

この場所では、光は全てステージに立つ彼らのものだった。スポットライトも、観客たちの声も、熱気も。なにもかもが主役を引き立てる為だけに存在している。わたしたちは、必要以上にぴったりと寄り添っていた。そうしないと、お互いの声が聞こえないから。

「歩くんもライブにくるのは初めてなんだよね？」

「そうだよ。機会なくってさ。でも、これはすごい。本当にすごい。これでプロじゃないんだろう？　ああ、もっと早く経験しておけばよかった」

落ち着いた雰囲気をしているけれど、やっぱり歩くんも男の子なんだな。強い音や光に、血が滾《たぎ》るのだろう。いつしか彼は足の裏で床を叩き、体を揺らし、全身でリズムを取っていた。それをこの空間で、わたしだけが感じていた。

とても贅沢《ぜいたく》な音だった。

一つのバンドの出番は大体三十分くらいで、開場から一時間を過ぎた頃、ステージに若ちゃんが現れた。前もって電話で聞いていたのに、長かった髪を男の子みたいにばっさり切っている姿には驚いた。格好だって。お腹を出しているし、太ももも大胆に露出しているし、大きめのベルトとか腕に巻かれているアクセサリーとか。

若ちゃんの趣味とまるで違うから、知らない人みたい。

彼女の周りにはやたらと腕の太いお兄さんと、線の細い男の人と、今の若ちゃんに負けないくらい格好いい女の人がいた。ドラム・ベース・キーボードにギターボーカルを加えた、スタンダードな4ピースバンドであるらしい。

「あの真ん中の人が六華のお姉さん？」

「うん、そう」

邪魔になったコップを捨てる為に残りのジンジャーエールを一息で飲み込んで、わたしは光に惹かれる虫のようにステージにふらふらと寄っていった。

すると、若ちゃんは一度、わたしを視界に収めてウインクをした。やっぱり全然違う人みたいだったけど、今日の若ちゃんもやっぱり輝いていた。

頭上から降り注ぐ白い光に向かって、彼女がピックを持ち上げる。

しん、と沈黙が訪れたのはしかし数秒だけ。

にっと可憐《かれん》に笑った若ちゃんが、静寂を切り裂くようにギターの弦をぎゅいんと掻《か》き鳴《な》らしたからだ。

たったの一音で、藤木若葉という存在に全てが支配された。

宴の合図だ。

王の戴冠を祝うようにドラムのスティックが打ち鳴らされ、ベースとキーボードが続くと若ちゃんの地位は更に確立される。目に見えないスピードで音はあっという間に伝《でん》播《ぱ》し、会場がぶわっと熱気で揺れた。

――そして花火のように音が咲き、彼女たちの音楽が始まった。

その日、若ちゃんたちが披露したのは五曲だった。

一曲目でバンドの世界に観客を引き込んでしまうと、あとは一気。若ちゃんがしっとり歌うと観客たちは耳を澄ませ、若ちゃんがシャウトすると誰もが飛び跳ねた。若ちゃんが右を向けと言ったら全員が右を向いただろうし、若ちゃんが左と叫べば誰もが左を見ただろう。

若ちゃんは太陽だった。

広大な空で、ひと際強く明るく輝く星。

光と熱を放ち、たくさんの汗を振りまき、若ちゃんは全力で歌い続けた。

バンドのメンバーもインディーズにしては飛び抜けた技術を持っていたけれど、一秒前よりも進化していく若ちゃんの音についていくので精一杯って感じ。

ああ、そうだ。

藤木若葉は練習よりも本番に強い。何度やっても百点を取れる土壌を練習で作り、本番で二百点を取る。そういう人なのだ。

幼い頃に芸能活動をしていた彼女はＭＣも抜群に上手くて、たくさんの笑いを誘ってから、じゃあ、次が最後です、なんて口にしたものだから、その場にいた誰もが季節の終わりに去来する寂しさに似た感情を胸に抱いてしまう。

「えーっと、これから披露する歌はわたしが作詞作曲したんです。実は、少し前に大きめの失恋をして、あははは。振られちゃったんですけどね。その人への想いを振り切る為に書きました。うーん、我ながら女々しいなあ。そんな経緯もあるし初めて作った曲だから、どうだろ。気に入ってもらえると嬉しいけど。でも、楽しい感じの曲じゃないし。盛り上がるかなあ」

任せろーと声が聞こえると、若ちゃんは、頼んだーと手をグーにして応えていた。俺と付き合ってくれーという声には、ごめんねーと両手を合わせて即答していた。今日は、音楽が恋人だからさ、また告白してよー。

この日一番の笑いが巻き起こった。

そんな風にきちんと場を温めてから、ま、いっか、と若ちゃんが肩の力を抜く。

「わたしは全力で歌うんで。本当にそれだけなんで。ついてこれる人は全力でついてきてください。じゃあ、歌います」

若ちゃんがバンドメンバーに視線を送る。一つ一つは短いけれど、きちんと頷きが返ってくるのを見届けてから、きゅっとマイクを握る手に一層の力を込めていた。

若ちゃんがギターを優しく鳴らすと、彼女の為のステージがようやく幕を開けた。

そして、歌のタイトルが口にされる。

『伝えたいこと』

それは、紛れもないラブソングだった。

同時に決別の歌でもあった。

『これが最後の恋だと信じていたから　突然の別れに戸惑ったの　あなたのいなくなった部屋はがらんとして　お揃いのシャツも歯ブラシも　世界の全てが色を失った』

歌詞の一つ一つが、雨のように降る。

肌に当たって、弾けて撥《は》ねて、とても痛い。

そして、心に染み込んでいく。

『愛を語るように名前を口にした朝　カーテンを揺らす冷たい風が　あなたの体温に溶けていくのを感じていたの　指先に残る柔らかさに　永遠を見つけた気がしたのに』

世界にたった一つだけ響くのは、若ちゃんの想い。

『二人で撮った写真が褪せていく　二人の日々が褪せていく　記憶の中から声が消えて匂いが消えて　温もりが消えた　なのに想いだけが消えてくれない　あなたを忘れようとすればするほど　あなたが残した空白が痛むよ　目覚めた朝　あなたのいない現実に戸惑ってしまう　帰り道の夕日に揺れる影は迷子みたいに　ひとりぼっち　夜の静寂はいつからこんなにも寂しくなったのかな』

叫ぶ。

『ずっと　ずっと　あなたがいなくなったあの日からずっと　考えている』

歌い続けた。

『さよならのキスができていたら　なにかが変わった？　わたしには届かなかった冷たく深い水底に沈む　あなたの欠片に　問いかける』

悄然《しょうぜん》とした声。

索漠とした想い。

後悔、怒り、悲しみ。

愛情。愛情。愛情。

泣きたいくらい熱い愛。

『最後に一度　もう一度だけ　あなたに会いたい　どうか言わせてほしい　大好きだったって　もう二度と会えなくても　たとえ　今がどれだけ辛くても　あなたと出会えたことは幸せだった　この気持ちを　忘れない』

まだ乾いていないその愛を、嗚咽のように歌い切る。

『わたしは　これからも生きていくよ　そしていつかまた　誰かと出会い　愛を歌う朝を迎える　あなたとの恋を最後にはしないから　さよなら　それから　ありがとう』

涙は流していなかったけれど、笑ってはいたけれど。

たくさんの人に囲まれ、スポットライトを浴びながら、若ちゃんは泣いていた。

他の誰にわからなくても、妹のわたしにはわかってしまった。

「はっ、はっ、はぁぁぁ」

息を荒くしながら、若ちゃんは頭を下げた。足元を叩いているのは汗なのか。別のものか。その表情は、ここからは見えない。仮に見えたとしても意味がない。

彼女の悲しみを拭える人は、この世界のどこにもいないのだから。

「ありがとう、ございました」

数秒の沈黙の後に若ちゃんが顔を上げてそう言うと、ひと際大きな拍手が彼女へと贈られた。涙を流さない若ちゃんの代わりに、みんなが泣いていた。

わたしもまた、その中の一人だった。

若ちゃんが手を振りステージ袖へ引っ込んでいくのを見送ってから、涙を拭う。すっかりステージに夢中になって、歩くんを放っておいたことに今更ながら気付いた。

慌てて振り向き、笑顔を作る。

「あははは。ごめんね、歩くん」

その笑顔も一秒で崩れてしまったけれど。

彼は、青色の命を纏っていた。

「悪い、六華。兄貴がまた」

凍りついているであろうわたしの顔を見て、翔くんが気まずそうに後頭部を掻く。

「……いつから？」

「さっき。ちょうど歌が終わったところで」

「そっか。なにが起きてるのかは、もうわかってるの？　理由があるんでしょう？」

「本当は今日、兄貴の口から説明するつもりだったんだけどな。多分、無理だろう。代わりに俺が話すことを許してくれるか？」

「うん」

「ありがとう」

「でも、その前に若ちゃんに挨拶にいかないと。翔くん、付き合ってくれる？」

自分では精一杯強がったつもりだけど、その声は震えていたかもしれない。


ライブハウスを抜け出し近所のコンビニで待っていると、十分もしない内に若ちゃんがやってきた。さっきの格好だと寒いのか、あるいは流石の若ちゃんでも恥ずかしいのか、スウェットにデニムパンツというシンプルなコーデに、ブラウンのチェスターコートを羽織っていた。

や、と若ちゃんがわたしに気付いて手を上げた。

普段着の何気ない仕草なのに、人目を惹く。

コンビニ客の何人か——特に男の人が多かった——が若ちゃんを振り返っていた。それを特に気にする様子もなく、いこうか、と彼女はわたしの手を取り外へ連れ出した。

夜空には笑みを浮かべた三日月があった。

木星がピカピカと輝いていた。

「ごめんね、時間もらっちゃって」

「ううん。若ちゃんこそこっちにきて大丈夫なの？　打ち上げとかって」

「二人を駅まで送っていった後で合流するからご心配なく。何時の新幹線？」

「ええっと、あと五十分後」

「あいあい。駅まで歩いていったらちょうどいいさね。で、そっちが噂の彼氏くん？」

にっこりと笑ったまま、若ちゃんがわたしの隣に立っていた翔くんを覗き込んだ。

「こんばんは、アーンド初めまして。六華ちゃんの姉の藤木若葉です。よろしく」

「あ、うす。初めまして」

おや、翔くんが珍しく緊張している。大丈夫だよ、翔くん。若ちゃんは基本的に人が好きだから、誰とでもすぐ仲よくなれるもの。

彼女は人と人との関係をないがしろにしない。

教えてあげた方がいい気もしたけど、緊張している翔くんは新鮮だったから黙っておいた。意地悪かな。

まあ、いいよね。これくらい。

どうせ少し話したらわかることだし。

お姉ちゃんと彼氏の弟という珍しい組み合わせを、一歩だけ後方で眺めることにした。

「うーん、うん？　うんうん、やっぱり。絶対にそうよ。そうに違いない」

「な、なんすか？」

「ずばり、あなたって六華ちゃんの彼氏じゃないでしょう」

ジロジロと翔くんの顔を見ていた若ちゃんが、テレビドラマなんかで名探偵が犯人を言い当てた時みたいに断言した。

一瞬、二人の背景に崖が見えたり。

「……なんでそう思うんすか？」

「だって、六華ちゃんのタイプじゃないもの。もう、全然違うもの」

「噂通り、いや、噂以上にシスコンなんすね」

「えへへへ」

「どうして照れてんすか」

「いやあ、褒めてもらったから。翔くんって、とってもいい子なのね。お姉さん、気に入っちゃったわ」

「褒めたつもりはないんすけど。ま、いいか。正解っす。改めて自己紹介させてください。春風翔といいます。六華の、いや、六華さんの彼氏は俺の兄貴っす」

「そう。お兄さんはどうしたのかしら？」

「どうしても外せない用事があって、それで、俺が代わりに」

「ふうん。六華ちゃんより大事な用があるわけね」

若ちゃんがネチネチと言葉の針で刺すと、困ったように翔くんが眉を八の字にした。

「勘弁してくださいよ」

「あと、代打に弟ってどうなの？　兄弟で修羅場になったらって考えないのかしら」

「あ、それは心配ないっす。六華、俺のタイプじゃないんで。もう、全然違うんで」

「なにをー。六華ちゃんは超絶可愛いだろうがあー。戦争や、かかってこんかい」

わたしは慌てて二人を追いかけた。それは流石に恥ずかしい。わたしは誰が見ても可愛いってタイプじゃない。身内の贔屓目《ひいきめ》で晒《さら》されると困る。

と、二人に並んだ途端に後悔した。若ちゃんと翔くんは揃ってニヤニヤと笑っていたのだ。やられた。どうやら嵌められたらしい。

むう、と唇を尖らせる。

「若ちゃんも翔くんも意地悪だ」

「六華ちゃんが静観を決め込んでるのが悪いのよ。こういう時は普通、共通の知り合いが間を取り持つべきなのに。ねえ、翔くん」

「その通りっす。六華が悪い。ねえ、若葉さん」

二人とも、とても楽しそうだ。

「どうしてそんな息ぴったりなわけ？　さっき会ったばかりでしょう？」

「それは翔くんの適性ね。きちんと空気を読める子よ。女の子にすごく気を遣える。こういう気遣いができる人って稀なのよね。わたしは男運がないけれど、六華ちゃんはすごくいいみたい。こんな素敵な男の子を袖にするんだから。羨ましい」

「別に袖にはしてなくない？」

「いーや、袖にされたな。出会った時とかひどいもんだったんすよ」

翔くんが意味ありげな視線を送ると、若ちゃんの瞳がキラリと輝いた。

「え？　なになに、聞きたい」

「ストップ。ストーップ。その話はしなくていいじゃない。ね？」

会ってから数分しか経っていないのに、想定以上の気の合いようだ。わたしや、多分、歩くんとは全然違う。わたしたちはもっと人との関係に臆病になる。近付くことに怯えを覚える。人がそんなに上等な生き物ではないことを知っているからだ。

意味もなく人を傷つける人がいる。

自分勝手に人を糾弾する人がいる。

そして、関わる数が増えれば増えるだけ、そういった人と出会う可能性は高くなる。

どうやったらそんなに他人をあっさり信じられるのか、聞いてみたい気がした。けれど、それはどんなに頭のいい若ちゃんにだって言葉にできるものでもない気がした。

誰かに教えてもらうものじゃない。

ひな型に当て嵌めただけの安易な言葉じゃなく、自分の経験と照らし合わせなければ本当のことを理解できないような、そんな世界の真理の一つというか。

それからも、駅に着くまで二人は熱く語り合っていた。

いつしか話題は恋愛のことになり、そういったことが未だに得意じゃないわたしは自然と再び口を閉ざし、呆れながら、たまに感心しながら、耳を傾け続けるしかなかった。

「若葉姉さんを振るなんて、見る目のない男が多すぎる。馬鹿ばっかりだ」

翔くんに至っては、若葉姉さんなんて呼ぶようになっているし。

「翔くん、今度、一緒に飲もうじゃない。美味しいお酒をご馳走してあげる」

「マジっすか。喜んで」

「駄目よ。翔くんはわたしと同い年で未成年なんだから」

「六華ちゃんは真面目ねえ」

「そういう問題じゃないからね」

「はあい。じゃあ、翔くんがお酒を飲める年になったらまた誘うわ。断らないでね？」

「俺、美人からのお誘いはなにがあっても乗るんで。朝までだってお付き合いします」

「翔くんもさらっと人のお姉ちゃんを口説かないでくれる？」

「ちぇ、六華は真面目だ」

「そういう問題じゃないから。嫌よ。わたし、翔くんのことをお兄さんとか呼ぶの」

「心配しなくてもいいのに。翔くんはわたしには上等すぎるもの。彼氏にするのはちょっともったいないかな」

「えー。若葉姉さんなら、こっちからお願いしたいくらいなのに」

「あら？　じゃあ、本当に付き合う？」

「是非」

「二人とも、いい加減にして」

もちろん、二人がわたしをからかっているだけなのはわかっていたけれど、いや、わかっていたからこそ、わたしはわざと大きな声を上げておいた。これがこの三人におけるわたしの役割だったから。

潤滑油。

全員がそれぞれの役割を自覚し、回していくからこそ人間関係は上手くいく。いじられ役が本意ではないことは置いておくにしても、だ。

やがて、地下への入り口が見えてきた。

「若ちゃん、ここまででいいよ。今日はありがとう」

「そう。乗り換え間違えないようにね」

わかってる、と頷くと、若ちゃんがぎゅっと抱きしめてくれた。熱かった。汗の匂いがした。強い力で、少しばかり痛かった。だけど、嫌ではなかった。

誰かに抱きしめられること。

誰かの存在を体中で感じること。

その相手のことが大好きで、相手もまた同じくらいこちらを想ってくれているのなら、それはとても幸福なことだった。

元気でね、と少しの濁りもない澄んだ青い光に包まれた若ちゃんは、わたしの頭を最後に撫で翔くんの方に向き直った。お願いがあるの、とさっきまでの雰囲気そのままに、けれどとても丁寧な口調で若ちゃんは続けた。

「なんでしょう？」

「たいしたことじゃないわ。ただわたしの最愛の妹を泣かせないでほしいってだけ」

「俺は、泣かせません。というか、俺じゃ六華を泣かせられません」

「お兄さんは違うのね」

「兄貴は、もしかしたら泣かせるかもしれないです」

「どうにかならないのかしら」

「無理ですね」

翔くんが正直に答えると、若ちゃんはふっと笑った。

「まあ、男と女のことだものね。難しいか。本当は一発くらい殴っておきたいところだけど、今日はお兄さんはいないから、代わりに殴っておいてもらえる？」

「すみません。それも無理っす。若葉姉さんが六華の味方であるように、俺は兄貴の味方っすから。なので、殴るなら俺にしてくれませんか？」

「覚悟があるのね」

「それが弟の役割なんで。若葉姉さんも逆の立場なら同じことを口にしたでしょう？」

「その男気に免じて、これで勘弁してあげる」

一歩、若ちゃんは翔くんの方へ踏み出して、とても自然な動作で彼の額にデコピンをした。びっくりするくらい綺麗な音が響いた。

それからすぐに、翔くんの赤くなった痕をそっと指先でなぞっていた。

「本当にいい男ね。あなたを選ばないなんて、六華ちゃんはわたしと同じくらい見る目がないのかしら。それとも、お兄さんはもっといい男なのかな？」

「ええ、自慢の兄貴っす」

「そっか。二人とも、今日はありがとう」

若ちゃんに見送られ、わたしたちは地下鉄の駅構内を進んだ。たくさんの人が溢れるこの場所で、翔くんは盾になってわたしを守ってくれた。

無事に東京駅まで戻り、慌てて夕食の駅弁を買って、なんとか予定の新幹線に乗り込む。思っていたより人は少なくて、自由席は簡単に確保できた。

その間、わたしも翔くんも無言だった。

新幹線が走り出し、あっという間に東京から離れていく。聳《そび》え立《た》つビル群も、煌《きら》びやかな光も、たくさんの人も、全てが遠い。

窓の向こうは暗闇が広がっていて、反射したガラスの表面には疲れた顔をしたわたしの姿が認められた。彼女の頰を撫でるように指を伸ばす。硬くて、冷たかった。だから、笑顔にしてあげることができない。

それにしても、まるで夜空を走っているようではないか。

この銀河を走る鉄道は、わたしたちをどこに運んでいくのだろう。

手の中でホットの緑茶を転がす。その温かさに心が絆《ほだ》されたように、ねえ、とようやく声を出せた。ちょっと乾いていたけれど、間髪容《い》れず翔くんの名を呼ぶ。

窓に映る彼が顔を上げる。

窓の中の彼と目が合う。

「話、聞かせてもらえる？」

「ああ」

ペットボトルの蓋を回して、一口飲む。

とても熱くて、舌を火傷《やけど》した。

とても痛くて泣きたくなったけど、我慢した。

＊　＊　＊　＊　＊　＊

いつもの公園のベンチで『銀河鉄道の夜』を捲っていると、息が漏れた。
こんなシーンが目に入り込んだからだ。

『なにがしあわせかわからないです。ほんとうにどんなつらいことでもそれがただしいみちを進む中でのできごとなら峠の上りも下りもみんなほんとうの幸福に近づく一あしずつですから。』

燈台守《とうだい》がなぐさめていました。

『ああそうです。ただいちばんのさいわいに至るためにいろいろのかなしみもみんなおぼしめしです。』

青年が祈るようにそう答えました。*

本当に？　人ってそれほど強いのだろうか。どんな悲しみだって受け入れることができるのだろうか。わからない。

わからないけど、覚悟は決まっていた。いや、この数日、わたしは必死にその覚悟を固め続けた。体を折り、悲しみに耐え、失うことの意味を見つめて、なんとかこうして未来を待っている。

「隣、いいかな？」

「どうぞ」

知っている声。

ずっと待っていた気配に振り向かず答えた。本の文字に人影が落ちる。その影を逃がさないように、開いていた本をそっと閉じた。

「宮沢賢治？」

「彼氏に勧められて」

「いい趣味してる」

「うん」

「この前はごめん。最後までボディーガードできなくて」

「代わりに翔くんがやってくれたから。若ちゃんとも仲よしになったし」

「そっか」

「ごめんなさい。少し意地悪を言った」

「僕はそれだけのことをしてしまったから仕方がない。翔から聞いたんだろう？」

「本当なんだね？」

「ああ、僕はもうすぐいなくなる」

思わず、指先に力が入った。本のカバーが少しだけ歪む。弱ったな。もうボロボロの本なんだから丁寧に扱わなくちゃいけないのに。

必死に指の腹で皺を伸ばしていく。

けれど一向に皺は消えない。

歪《いびつ》な痛みと共に、いつまでもいつまでもそこに在った。


東京からの帰り道、新幹線の中で翔くんはちゃんと全てを教えてくれた。誤魔化すことなく、あやふやにすることなく、事実をきちんと。

「俺が通院していることは、前に話したよな？」

「うん。拒絶反応の心配があるから検査をしなくちゃいけないんでしょう？」

彼の体は青く光ったままだから、悪い結果が出たというわけではなさそうだった。

「そう。それで、まあ、この前の検査でな、言われたんだ。近い内に免疫抑制剤はいらなくなるかもしれないって」

「どういうこと？」

「色々専門的な話はしてもらったけど、大事なことじゃないから省くな。要点だけ掻い摘んで説明すると、つまり兄貴からもらった心臓が完全に俺の体に適応し始めているらしい。そうなると、薬なしでも拒絶反応の心配はしなくても済むんだそうだ」

「わ、おめでとう。それっていいことなんだよね？」

「俺にとってはな」

「よかったね」

「ありがとう」

翔くんの声は一瞬だけ浮上した後、すぐに闇をそっくり呑み込んだみたいに沈んでいった。ガラスに映った彼の目に浮かんでいたのは、喜びでも絶望でもなかった。きっと、彼はもうそういうフェーズを過ぎてしまっているのだろう。

わたしを見るその目には、ただ哀れみだけが宿っていた。

「だけど、六華にとっては最悪の結末だ」

翔くんはそう言った。

ひどく冷たい声だった。

なんとかようやく、隣を向くことができた。

そこには無色透明な男の子の姿があった。

彼に死はない。だけど、彼はいなくなる。しかも、その胸に抱いた砂時計の猶予すらあまり残されていないらしい。

よく誓いの言葉で、死が二人を分かつまで、なんてことを聞く。

では、死の先で出会ったはずのわたしたちを引き裂くものはなんなのか。

「僕はつまるところ、心臓に残った〝春風歩〟の欠片みたいなものなんだ。その心臓が完全に翔のものになるということは、そういうこと。僕の居場所はなくなってしまう」

「歩くんがいなくなるから、心臓は適応するの？　それとも心臓が馴染んでしまったせいで、歩くんはいなくなるの？」

「どうだろう。ただ、その論議にあまり意味はないよ。結果は同じだから。それにこの心臓はもう翔にあげたんだから、喜ぶべきことなんだ。これまで以上に翔は自由になる。いつか、こんな日がくることを僕はずっと前から覚悟していた」

だけど、とそこで彼は一度だけ唾を呑み込んだ。

どこまでも青く澄んだ空を見上げる喉の腱《けん》が、すっと伸びる。

わたしにはない、男の子特有のでっぱりが上下した。

「心残りが一つできてしまった。六華と出会って、恋人になって。そして僕は今、そんな大事な人を置いていこうとしている。それはなんてひどいことなんだろうね。二人で話して、ちゃんと決めたはずなのに。受け入れたのに。いざ現実になると、やっぱりさ」

彼がなにを言おうとしているのか。その心がどこに向かっているのか。わたしにはわからない。想像できないくらい悩んだのかもしれない。悩んだ末の決断なのかも。

けれど、彼の想いを聞く前に、こちらから言わないといけないことがあった。

「あのね、歩くん。先に言っておく。別れないから」

心はバラバラに壊れそうだし、足元はおぼつかないけれど、わたしにだって決めていたことが一つ。もうずっと前から、心の真ん中にそれはあった。

どんな終わりが待っているのかわからない。

どれだけの時間が残っているのかもわからない。

それでもあの日、もう一度彼に告白した日、わたしは彼とどこまでもいくのだと約束をした。どこまでもどこまでも一緒にいこうと、約束したんだ。

「馬鹿だな」

「知らなかったの？　わたしが馬鹿みたいに歩くんに恋をしてるって。あー、もー、しようがないなあ。歩くんは結構鈍感だから、これからはもーっと力を入れてアプローチするしかないかもなあ」

「本当に、六華は馬鹿だ」

歩くんの声は震えていた。

いつかしてもらったみたいに、今度はわたしが彼の頭を抱きしめた。

心臓の音が聞こえるといい。伝わるといい。わたしがどれだけ君を愛しているのか。どれだけの強さで想っているのか。

世界中で歩くんだけが聞くことのできる鼓動がここにある。

それは、歌詞のないラブソングみたいなものだ。若ちゃんみたいに綺麗に歌えないけど、わたしに歌える精一杯のラブソングを、君に。

「……辛いよ？」

「うん」

「……短いよ？」

「うん」

「負わなくてもいい傷を背負うことになる」

「かもしれない」

「後悔しない？」

「するよ。たくさんする。この先に希望はなく、ただ終わりだけが横たわっている。だけど、だけどね。今、歩くんから離れたらきっともっと後悔すると思うから。覚悟、できてるから」

「六華はてっきり泣くのかと思っていた」

「約束したでしょう？　泣かないって。悲しいけど、辛いけど、泣かない」

胸に熱いものが染みていった。

もちろん、わたしの涙じゃない。

「今から、弱音を吐く。――本当は怖い。怖かった」

そう、怖かったんだ、と歩くんは重い息を吐くように呟いた。

「一人きりで歩く夜は怖いってことを、寂しいってことを、あなたと出会って思い出した。思い出してしまったから、もう独りではいられない」

「うん」

「だから、六華を傷つけることになっても、辛くさせると知っていても。それでも僕は最後の一瞬を六華と過ごしたい。あなたなしでは進めない。……傍にいてくれる？」

懇願するように顔を上げた歩くんの瞼に、親指を滑らせる。最初に右。次に左。親指は濡れたけれど、まだ彼の瞳は潤んだままだった。

彼の見ている世界には、わたしだけが映っていた。

頬を滑る無色透明な雫の中にわたしがいた。

「泣き虫」

「うるさい」

「珍しいね。歩くんがそんな言葉を使うなんて」

「六華が答えてくれないからだろう」

「わたしはもう何度だって伝えたよ？　一緒にいこう。きっとジョバンニも同じ。カムパネルラがいなくなることを知っていたとしても、彼と最後まで旅をしたはずだよ」

途中下車なんてありえない。

だって、わたしたちの手の中にはもうどこにだって、それこそ天上の先にさえいける切符が握られているんだから。多分、この切符ってほとんどの人は持つことが叶わないものだよ。わたしたちはその貴重な切符を幸運にも手にしてるんだ。

歩くんの顔をしっかり焼きつけた後、一度だけ目を閉じた。

訪れたのは闇ではなかった。

真っ暗な空間だけど、光が確かにあった。

半分に欠けた月だった。

月の上に鎮座している土星の輝きだった。

あの頃、夜にはまだ夏の大三角があった。空気は澄んでいて、わたしは泣いて、傍には一人の男の子がいた。

彼の鼓動が響いていた。

今でも消えることのない灯だ。

あの明かりがあったから、わたしはあの夜、独りじゃなかった。彼の鼓動が、優しさが、想いが、わたしから悲しみを取り払い別のなにかを与えてくれたの。救われたんだ。

今度はわたしの番だね。

ずっとずっと傍にいるよ。愛をあげる。全部、あげる。君にあげる。遠慮せずに持っていっていいの。代わりに、最後の一瞬まで恋人でいさせて。

目を開けると、あの男の子があの日よりもずっと近くにいた。

さっき読んだばかりの小説の欠片を思い出した。


『ほんとうにどんなつらいことでもそれがただしいみちを進む中でのできごとなら峠の上りも下りもみんなほんとうの幸福に近づく一あしずつですから。』*

『ただいちばんのさいわいに至るためにいろいろのかなしみもみんなおぼしめしです。』*


わたしはやっぱりそれほど強くはないけれど、それでも二人なら強くなれる。辛さも、悲しみも、歩くんと一緒なら越えられる。

ねえ、そうでしょう。

わたしは約束の言葉をまた口にした。

「どこまでもどこまでも、わたしたち一緒に進んでいこう」

この世界からまた君がいなくなる夜に、隣で愛を歌ってあげる。

無色透明で見えないかもしれないけど、ほんとうのさいわいは全部ここにあるよって。

終章　わたしの世界を変えた人

二月十四日は、昼過ぎから雨になった。雲が時間と共に重みを増していく。やがて精一杯張られた膜に小さな抜け道を見つけたかのように、ぽつりと一粒が落ちていくと、競うように雨は激しくなっていった。

夜に近付くにつれて冷え込み、あの雨は雪へと変わるらしい。

いくらか晴れ間を期待して一日中窓の外を睨んでいたけれど、学校が終わるまで厚い灰色の雲が開くことはなかった。

放課後になってカバンの中へ教科書を入れていると、奈月ちゃんがやってきた。その手には綺麗にラッピングされた小さな箱。きっと、自分で施したのだろうな。奈月ちゃんは器用だし、凝り性だから。

ほんと、わたしとは全然違うんだ。

わたしなんて、手作りチョコを一つ作るだけで随分苦労したというのに。

「はい、六華。いつもの友チョコ」

「わー、嬉しい。でも、ごめん。わたし、今年は本命チョコしか用意してないの。ホワイトデーにお返しするね」

「ちゃんと作れた？」

「簡単なトリュフだけど、なんとか。色々アドバイスくれてありがとう」

「いーえ。彼氏さん、喜んでくれるといいね」

「うん。今日が最後だから頑張った」

「明日から家庭の事情で遠いところにいっちゃうんだっけ」

「そうなの」

「まあ、でも今はビデオ通話とかできるんだから、海外だって近いよ。元気出しなって。大丈夫。お互いがお互いを想ってたら、絶対にまた会えるから」

「奈月ちゃん、いいこと言うね」

「でしょ？」

綺麗なウインクを残して、奈月ちゃんは去っていった。彼女は彼女で、これから彼氏さんとデートだ。京香ちゃんは、フリーの子を集めてカラオケにいくとかって意気込んでいたっけ。教室を見回すと、彼女たちのグループの姿はもうなかった。

席を立つと、スマホが震えた。

歩くんからだった。

もう待ち合わせ場所にいるとのことだったから、慌てて下駄《げた》箱に向かう。ローファーを引っ掛け、灰色の世界へ。前のめりにこけそうになったけれど、足を出して転倒を防ぐ。バクバクと心臓が痛かった。危なっ。せっかくのデートなのに、傷だらけで登場なんて最悪だ。落ち着け、落ち着け、わたし。

すうっと息を吸った。思いっきり吐き出した。彼と会う前はいつも心許《こころもと》なくなる。髪型とか大丈夫かなって不安だし。だけど、会いたい気持ちの方がずっと強いから、わたしは何度だって彼の元へ進んでいける。ほら、こんな風に。

今度はゆっくり、自分のペースで歩き出す。

正門に辿り着くと、傘を差した男の子がいた。学生服を着ていて、いかにも学校帰りという感じ。わたしを見つけると、嬉しそうに笑っていた。わたしもまた笑った。

わたしたちはこれから、最後のデートをする。

歩くんが表に出てこられる時間は、目に見えて減っていった。それに呼応するように、翔くんの飲み薬もぐんと減っていった。

そして、薬の投与をやめて様子を見ようということが決まったのがこの前の土曜日。病院帰りに、わざわざわたしの家まで寄って歩くんが自分の口から教えてくれた。

まああ、と興味津々なお母さんの視線から逃げるように、わたしは歩くんの手を取り外へ出ていった。去り際、歩くんが頭を下げると、お父さんまで、ほう、と顎髭《あごひげ》を触っていた。

わたしが強く睨んだ途端、二人とも一目散に部屋の中へ引っ込んでいったけど。

「うちの親がごめんね」

頭が痛くなって、こめかみを指の先で押さえる。

「いいや。少しだけど、ご挨拶できて嬉しかったよ」

「そんなもの？」

「むしろ僕の方こそ、ごめん、だね。思ってたより、ずっと早かった」

「歩くんが謝ることじゃないけど。あと、どれだけ一緒にいられそう？」

「せいぜい数時間ってところかな。丸一日は無理だと思う」

「そっか」

「最後にデートをしてくれる？」

「……バレンタイン。ほら、イブに約束したでしょう？　今ね、若ちゃんとか友達の奈月ちゃんに教えてもらいながら手作りチョコの準備をしてるの。食べてほしいな」

「だったら、デートは二月十四日にしようか」

「そうだね」

「六華」

「なあに？」

「愛してる」

「知ってる。わたしも、歩くんのことが好きだよ」

わたしたちは手を繋いでいた。

二人並んで歩いていた。

まだ、寂しいも悲しいも、口にするには早かった。そんなことを言葉にするより、もっともっと伝えなくちゃいけないことがたくさんある気がした。

合流してすぐ、わたしは自分の傘を畳んで、歩くんの差している傘の下に収まった。所謂、相合傘である。この為に、わたしは雨が降ると知っていながら収納しやすい折り畳み傘を選んだ。

自分に恋人ができる前、相合傘をしている人をどこか呆れた目をして見ていたっけ。傘がないならコンビニで買えばいい。一つの傘でわざわざ窮屈そうにしなくてもいいのに、なんて。

でもさ、そうじゃないんだよね。

窮屈こそが楽しいことだってある。

他人が呆れるようなことが、当人にとっての幸せだったりするんだ。

ふと昔、若ちゃんが口にした雑学を思い出した。

「ねえ、歩くん。知ってる？　人の声が一番綺麗に聞こえるのは傘の中って説があるらしいよ」

「へえ、そうなんだ」

「声が雨粒に反射して、傘の中で共鳴するからなんだって」

「じゃあ、僕は今、世界で一番綺麗な六華の声を独り占めしているんだ」

「そうだよ。歩くんだけに聞かせてあげてるの」

「光栄だね」

体を揺らす。

それを歩くんが支えてくれる。

雨がパラパラと傘を叩いていた。わたしたちはお互いの肩が濡れないように、ぴったりとくっつきながら歩いた。窮屈だったけど、やっぱり幸せでもあった。

町はバレンタイン模様で、カップルで溢れていた。目に映る誰もが、楽しそうで、幸せそうで、きちんと命の青に包まれていることにほっとした。

わたしたちもまた、その波の一部になる。

そう、なにも特別なことじゃない。

わたしたちだって、どこにでもいる普通の恋人。

「今日はなにをしようか？」

「色々とね、考えたんだけど。まずは約束を果たそうかなと」

「約束？　チョコレートってこと？」

「違う違う。そうじゃなくて。カントクと約束してただろう。あの人の撮った映画を二人で見るって。劇場での公開とかは間に合わなかったけど、前にカントクが言っていたことを思い出したんだ。動画サイトにアップしてるとかって」

「そういえば、そんなことを言っていたね」

「調べたら、確かにアップロードされてた。それを見たいんだけど、どうだろう？」

「もちろん、賛成」

最近できたばかりの、有名なコーヒーのチェーン店に入る。わたしは奈月ちゃんたちと何度かきていたのだけれど、歩くんは初めてらしく注文に手間取っていた。

「噂に聞いてたけど、六華が本当に呪文みたいなものを唱えるからびっくりした」

「季節限定のメニューじゃなくてよかったの？　チョコもあったよ？」

「もう、本当にどれがいいのかわからなくなっちゃってさ。六華がスマートに注文するものだから、余計に焦ったっていうか。店員さんも、微笑ましい感じで笑ってるし」

「歩くんみたいなお客さん、多いと思うから焦らなくてよかったのに。……実は、スマホでもオーダーできるって知ってた？」

「知らない。知ってるわけがない。六華、わざと黙ってただろう」

「はい、それはもちろん。ご馳走様です。慌てる姿、堪能《たんのう》させてもらいました」

「あなた、実はとても意地悪だよね」

「中々、可愛かったですよ」

ふふふと笑っていると、こつんと頭を小突かれた。音だけで全然痛くはなかったけれど、痛い、と抗議しておく。痛い、痛い、腫れたよ。絶対にコブになる。

今度は歩くんが笑う番だった。

それぞれが注文したカップを手に、窓際のカウンター席を選ぶ。雨は未だ降り続け、透明な糸で空と大地を繋いでいる。風が強くなったのか、若干、横殴りになっていた。

ああ、あの糸を掴むことができたなら、わたしたちの世界は分かたれないのだろうか。いつまでも一緒にいられるのだろうか。

もちろん、馬鹿な妄想だ。

けれど、馬鹿じゃない妄想なんてないんじゃないかな。

「はい、これ」

「ありがとう」

歩くんが差し出してくれたイヤホンの片方を耳につける。わたしが右で、歩くんが左。『花束みたいな恋をした』の最初のシーンを思い出した。あの物語は、一つのイヤホンを使うカップルに腹を立てる二人から始まる。

体を傾け、ほんの少し歩くん寄りへ。

「楽しみだね」

「僕はちょっと緊張してる」

「どうして歩くんが緊張するわけ？」

本当に緊張している顔——さっき、コーヒーの注文をしていた時の十倍くらい——だったので、小さく笑ってしまった。こんな顔も好きだと思う。彼に恋をしているのだと、これまで何度も思ったことを、また思う。強く思う。

「だって、知り合いの撮った映画だもの。身内意識が出てしまうだろう」

「はいはい。コーヒーでも飲んで落ち着こうね」

「温かい」

「美味しいでしょう？」

「六華はすごい。こんなにも簡単に僕の心を解いてしまう」

「それは、歩くんがわたしのことをとても好きだからだよ。それにね、先にわたしの心を解いたのは歩くんの方。だから、本当にすごいのは君だよ」

「僕はツイてるな。こんな子に好きになってもらえるなんて」

「お互い様じゃない？」

「そうかな？」

「そうとも」

そうか、と納得したように呟いて歩くんはスマホの再生ボタンをタップした。

カントクさんの撮った映画は『眠り姫の想い人』というタイトルだった。エンドクレジットまで入れても約三十分のショートフィルムは、とても静謐な恋愛映画だ。

ある日、夢に出てきた見知らぬ男の子に恋をした主人公。

けれど所詮、夢は夢でしかなくて、主人公は現実世界で別の男の子に告白されて付き合うことになる。交際は順調だったが、たまに見せる、どこか遠い世界を想っているような主人公の目に、男の子は彼女の気持ちが自分にないことを知る。

在り来りな出会いをして、在り来りな時間を重ね、在り来りな別れがあった。

泣いて、怒って、最後に笑った。

徹頭徹尾、どこにだって転がっている恋の物語だった。

同時に紛れもない、世界でたった一つきりの恋の詩だった。

やがて恋の終わり、桜舞う新しい季節に町を歩いていると、主人公はとある青年とすれ違う。見覚えのある、しかし見知らぬその人にどこか懐かしさを感じて思わず声をかけようとしたところで、映画は幕を閉じた。

その後、二人がどうなったのかは語られていない。

とても印象的なセリフがあった。

『最後にいいことを教えてあげよう。昔、本で読んだことがある。夢の中に出てくる人は、この世界のどこかですでに君と出会ったことのある人なんだ。話したことはないかもしれない。それこそ、すれ違っただけとか。それでも、君の恋はこの世界でもちゃんと始まってるよ』

その言葉は、わたしの心に馴染んで深いところに沈んでいった。

「どうだった、歩くん？」

「とても稚拙だったな。色々荒いしさ。シーンの繋げ方とか、もっと印象的に見せられる構図とか、改善しなくちゃいけないところを挙げ出したらキリがない」

「じゃあ、残念だった？」

「いいや。それでも素敵な映画だったよ。今日、この映画を選んだことを後悔しないくらいには。六華はどう思った？」

「わたしも同じことを思った」

映画の出来という観点からすれば、素人のわたしから見ても、それはもう拙いものだった。ストーリーにだって全然起伏がないし。

淡々と続く日常の中で、出会いと別れとまた新しい出会いがあった。

言葉に落とし込めば、本当にそれだけ。宇宙人が攻めてきたりとか、怪獣が街を破壊したりとか、そういうのは全くなく、世界はあまりに平和だった。

ただ、この映画にはなにかがきちんと宿っていた。それは優しさかもしれないし、熱かもしれないし、血とか魂なんて呼ばれるものかもしれない。

ああ、違う。

恋だ。

人が人を想う心がきちんと描かれていたんだ。たったそれだけで、魔法にかけられたみたいに特別なものに変わっていく。彼女の物語も、わたしたちの物語だって。

「あの二人はこれからどうなるのかな?」

「もちろん、恋をするさ」

すっかり冷えてしまったコーヒーを啜りながら、歩くんが答えてくれた。

「断言するんだ」

「でなきゃ面白くないだろう。辛いことがあっても、悲しいことがあっても、人は恋をするんだ。だって、誰かを好きになるのって辛いだけじゃない。悲しいだけじゃない。だから、何度だって誰かを好きになれる」

それはひどく正しくて、だけど、正しいからこそ寂しくもあった。

お店を出て、一緒に町を歩いた。

いつか歩くんが美味しいと言っていたコロッケをご馳走してもらった。未だに、一方的に奢ってもらうことにいくらか抵抗はあったけれど、彼女の特権だなんて言われると、正直、弱い。

それに、大切にしてもらっているのは単純に嬉しいし。

歩くんも嬉しそうだし。

ま、いっかってなる。

ようやく口にできたコロッケは本当に美味しかった。

ソースなんてつけなくても、きちんとお肉とお芋の味が感じられたのだ。

コンビニの駐車場で一つの傘を二人で差しながらカップラーメンを啜った。デートの食事がコロッケとカップラーメンだなんて、京香ちゃんが聞いたら怒り狂うに違いない。

それでもこんな風に食べるカップラーメンが世界で一番美味しい食べ物だということを、わたしは知っている。

夜ふかし族限定のスペシャルメニュー。

わたしと歩くんの、二人の歴史だった。


空気が灰色から闇に包まれ出した頃、わたしが歩くんに初めて告白した山の中へやってきた。

木々に残っている葉を、水滴が叩いて揺らす。

やっぱり二人で手を繋いで歩いた。

手を繋いでいたから、どんな場所へだって歩いていけた。

一層暗くなっていく天空の斜面を滑り降り、一日が勢いよく西へと沈んでいく。残念ながら今日の空に星は見えないけれど、眼下にはいつもと同じ暮らしの明かりが点っていっている。

路傍の花や、吐いた白い息や、生とか死とか呼ばれるものに等しく宿る日常。

「まだ大丈夫？　そこにいる？」

「ああ、ここにいるよ」

繋いだ手に一層、力を込める。

雨は雪へと変わり始めていた。

河川敷で雪の中、花火をした。風が強くて多くの花火は早々に消えてしまったけれど、二人で守るようにしてスパーク花火を最後に楽しんだ。

「そういえば、前にここで花火をした時、わたしになにを言ったのか覚えてる？」

「特別なことを言ったかな？」

「うん。言った。言ってくれた」

六華は雪の別称だって言った。この火花が、雪の結晶のような形をしていてすごく綺麗だと言ってくれた。嬉しかった。嬉しくて、浮かれてしまって、まだする予定ではなかった告白までしてしまった。

「僕はなにを言ったんだろう」

「教えてあげない」

「そんな意地悪しなくても」

「覚えてない歩くんが悪いよ」

「怒ってる？」

「拗ねてるだけです」

そうですか、と彼の指が伸びてわたしの眉間に触れる。冷たいはずだけど、同じくらい冷たいわたしの肌はすっかり麻痺していて、ちっともその体温を感じられない。そのまま皺を伸ばすように、グリグリと指先を動かしていた。

　そうしていると、二人の体温が近付き、まるで一つの生き物のように馴染んでいく。

「よし、これでいい。六華は綺麗なんだから、そんな顔をしていたらもったいないよ」

「なんだ、きちんと覚えているんじゃない」

「忘れないよ。六華との思い出は、全部全部覚えてる。だけど、これは全然特別なことじゃないだろう。当たり前のことだし。……あなたはいつも綺麗だ」

「あのですね、そういうところですよ」

　ああ、顔だけが熱いや。

「ふむ。まずかったかな」

「まずくはないけど、わたし以外にそういうことを言っては駄目です」

「あなた以外に誰に言うのさ。さあ、そろそろいこう」

「うん」

　また手を繋ぎ、何度だって体温を、想いを均《なら》し、互いの輪郭すら溶かして一つにしていく。たとえ、別れてしまう運命だとしても、一緒にはいられなくなるとしても、それでも決して分かれないものをわたしたちは作りたいと願っている。

　そして、最後の場所へ二人で歩き出した。

途中、どこにでもいそうな老夫婦とすれ違った。背中は曲がり、頬には皺が深く刻まれていて、眼窩《がんか》は黒く窪《くぼ》み、髪は雪に染められたように白かった。

共白髪だ。

ああやって、揃って髪が白く染まるまで生きてきた。それはとてもすごい、ある種の奇跡のように思えた。二人だけの時間を積み上げて、ここまできたのだ。

そして、ゆっくりとわたしたちから遠ざかっていく。

ああ、でも、時間ではないのか。

わたしたちにも、負けないくらいの絆《きずな》がある。

歩くんと出会ってからまだたった数ヶ月だけれど、それでも至る所に思い出はあった。

笑い声や、楽しい気持ちや、同じ視線で見たもの。

古いアルバムを捲るみたいに、歩くたびに褪せていた記憶が頭の中で色づいていく。

世界は歩くんで満ちていた。

そんなことを真剣に考えていたせいで、あ、と歩くんが声を上げた時、わたしは小首を傾げてしまった。どうしたの？

「この溝」

「溝？　歩くんが前に落ちたのはここじゃないよ」

「それはすぐに忘れなさい」

わたしは首を横に振り、拒否の意を示す。歩くんが溝に落ちたことも、振り返って彼がいないことに少し寂しくなったことも、どれもが大切な思い出だ。

手放すなんてとてもできない。

「それで、この溝がどうしたの？」

「ああ、うん。ここだったなと思っただけ」

「だから、なにが？」

「あれはもう、六年くらい前になるのかな。この溝に一匹の子猫が倒れてたんだ」

まだ小学生だった歩くんは、たまたまこの道を歩いていたのだそう。通学路とは違っていたから、探検だったのかもしれないしお使いをしていたのかもしれない。

とにかく、この道を歩いていると同じくらいの年頃の子たちが数人集まって溝を覗き込んでいるのを見つけた。

気になった歩くんも、彼らの作る隙間から同じように溝を覗き込んだらしい。

そこには、一匹の子猫がいた。

その子はもう鳴くこともできず、衰弱していた。

「誰もが見ているだけだった。猫はもう、少しでも触れたら死んでしまいそうだったから。命の責任を負うことを恐れ、動けないでいた。下手に関わって悲しい想いをしたくない、そう思うのは当たり前のことだ。だけど、すごく格好いい女の子が現れた」

歩くんが、ちらりと一度こちらを見た。

「その子は溝を覗き込んですぐ、躊躇いもなく飛び込んでいったよ。服が汚れることも厭わず、子猫を優しく抱きしめた。それを見た誰かが言った。そいつ、どうするんだって。彼女は、病院に連れていく、と叫んだ」

死ぬかもしれない。また別の男の子が言う。まだ、死んでいない。女の子が答える。仮に助かったとして、その後、どうするんだ。面倒を見れるのか。わからない、わからないけど、そんなの後から全部、考えればいい、助けてから考えればいい。

誰もが彼女を馬鹿にするみたいに笑った。

だけど、本当はわかっていたんだ、と歩くんは言う。死にそうな猫を前にして、怖がって動けなかった自分の弱さや矮小《わいしょう》さを。それを認められなくて、より一層惨めになることを知っていて、けれど彼らは笑うしかなかった、と。

「その時の女の子って、六華だよ」

「そう、なの？　……ええっと、ごめん。全然、記憶にないや」

「あなたにとっては特別なことじゃなかったんだろうね。ただ、僕にとってはすごい衝撃だった。いつからか、このあたりを通る時、いや、ふとした時、六華を探すようになっていた。初恋だった」

「え？」

歩くんは少しだけ照れ笑いを浮かべていた。

「何度か見かけたことがあったよ。声をかける勇気なんてなかったけれど。だからあの夜、たまたま泣いている六華を見つけて、本当に戸惑ったし、どうしようかすごく迷った。でも、小学生の六華が、僕の背中を押してくれた。僕はずっと、あの子猫を優しく抱きしめたあなたみたいな人間になりたかった。もしかしたら、このロスタイムは、あの夜にあなたの涙を拭う為にあったのかもしれない。そしてその小さな勇気は僕に、こんなに素晴らしい時間を与えてくれた」

本当に覚えていないことだった。

けれど、もし、わたしがそんなことをしたのだとしたら、きっとわたしの目が、その子猫がまだ生きられると感じられたからだろう。

わたしは決してみんなと比べて強かったわけじゃない。

黙っているのはフェアじゃない気がして、わたしもまた種明かしをすることにした。

「あのね、歩くん。褒めてもらったところで悪いんだけど、わたしは全然すごくないんだよ。わたしには命の終わりが見えるの。だから、わたしはその子猫がまだ生きられる未来があることを知っていた」

今度は歩くんが首を傾げる番。

わたしは〝死色のクオリア〟についての説明をした。

小さな頃、死にかけたこと。

それから、死が見えるようになったこと。

「実は歩くんに惹かれたのも、その能力がきっかけ。君は、この世界で唯一、命を纏わない無色透明な存在だったから。ゴローさんの死に触れて弱っていたわたしは、死を感じさせない君の傍にいると安心できた」

ただ、どうか勘違いしないでほしい。

「でも、それは本当にただのきっかけにすぎないの。わたしが君と一緒にいることを選んだのは、好きになったのは、君が春風歩くんだから。優しさや、不器用さや、温かさや、たまに意地悪なところも、抜けているところも、そういう歩くんを構成する要素の一つ一つをわたしは好きになった」

「疑ってはいないよ。だって、六華は残り時間の少ない僕の隣に、今もこうしていてくれるから。あと、謙遜しなくてもいい。たとえ結果がどうなることを知っていたとしても、子猫を抱きしめたあなたの強さや優しさは決して嘘じゃない」

どうしてだろう。どうしてこんなことが言えるのだろう。胸が熱い。我慢できないくらい熱い。吐き出さなければ焼けてしまう。

その想いはするりと口から零れていった。

熱くて熱くて、白く凍りついた言葉は消えることなくしばらく二人の間を漂った。

「わたし、歩くんを好きになれて本当によかったな」

こんな男の子を好きになれた自分が好きだ。

「そう言ってくれる優しい君が好き」

「僕もあなたが好きだよ。何度だって言う。六華は泣き虫で、意地っ張りで、思い込みが強くて……」

「それ、褒めてる？」

もちろん、と彼はわたしの手を一度強く握ってくれた。

「誰よりも優しくて、強くて、格好よくて、可愛くて、綺麗だった。昨日より今日、僕はあなたをもっと好きになった。明日はもっともっと好きになっている」

明日。

それはもう、二人で一緒にいることは叶わない時間。

でも、歩くんが言っていることはそういうことではないのだろう。傍にいられなくても続いていくものはある。

――想いは、未来へ繋がっている。

＊　＊　＊

旅の終わりは、初めて言葉を交わした公園のベンチだった。太陽《あさ》から逃げるように可能な限り西へ逃げてきた。とはいえまだ未来《あした》は遠く、そしてやってきたら一息にわたしたちに追いつくのだろうけど。

ここで今日までたくさんの時間を過ごした。

ここが、わたしたちにとっての天の野原。

「これ、約束の本命チョコ」

「手作りなんだっけ？」

「そう。頑張ったんだから、美味しくなくても全部食べてね」

「美味しくなかったらごめんね、じゃないんだ」

「お残しは許しません」

「もちろん、全部、食べるよ」

宣言通り、歩くんは用意したチョコレートを全部食べてくれた。そうすると、もうなにもすることがなくなってしまう。

残された時間は、あとどのくらいなのかな。

夜の闇と雪の白だけが広がっていて、寒い、と口にすると歩くんが腕を広げてくれる。

「おいで、六華」

「うん」

ぎゅっと強い力で抱きしめてくれるから、もう彼の顔も見られない。でも、なんの問題もなかった。とても近くに感じる彼の心臓が、ドクンドクンと出会った頃からちっとも変わらない強さで鳴っているもの。

ああ、そういえば。

「歩くん、わたしにずっと片想いしてたって言ってくれたよね？」

「ああ」

「もしかして、最初に抱きしめてくれた時ってすごく緊張してた？」

「当たり前だろう」

「そっか。それで、あんなにドキドキしてたんだ」

わたしを慰めてくれたのは、命の音《おと》なんかじゃなかった。

もっと優しくて熱い感情だった。

「今まで聞いたことないくらい、強い音だったな」

「だろうね」

ドクン、ドクン。

「ねえ、楽しかったね。これまでずっと、今日までずっと」

「そうだね」

ドクン、ドクン。

「キスの一つもしない健全な交際だったけど」

「その辺は最初に断っておいたはずだ。この体は翔のものなんだからって」

「わたし、歩くんの素顔すら知らないや」

「もしかしたら幻滅されるかも。僕は翔のように格好よくないから」

「確かに翔くんの顔は格好いいけど、実はあんまり好みじゃないんだよね」

「六華はどういう顔がタイプなわけ？」

「素朴なのがいいよ。優しそうな人が好き」

ドクン、ドクン。

「……ツーショットの一枚くらい撮っておく？」

「映る姿は僕じゃないから、意味ないだろう」

「確かに」

ドクン、ドクン。

「今、六華を抱きしめている腕も、好きだと告げた声も、感じている体温も、全てが翔のもので、僕のものじゃないんだよなあ。あー、やっぱり少し悔しいや」

「でも、想いは確かに歩くんのものでしょう？」

ドクン、ドクン。

「この鼓動だけは紛れもなく、歩くんの音だよ。わたしに恋をしていない翔くんには絶対に奏でられない音だもの」

それは今日までずっと歩くんがわたしに歌い続けてくれた恋の歌だった。いつか、わたしが彼に贈ったものと同じもの。全てを失ったはずの彼にたった一つ残された、わたしにだけ反応する彼だけの鼓動。

翔くんのものじゃなくて、歩くんの恋。

人類が言葉を獲得する前から歌われていた、この星で最初のラブソングだ。

「案外と歩くんって独占欲が強いよね」

「これは六華が見つけた僕の姿だよ。あなたに出会う前の僕はこんなんじゃなかった」

「そっか。わたしのせいか」

「そう、全部、六華が悪い。こんな僕にしたあなたが悪い」

ドクン、ドクン。

「……泣いてない？」

「泣いてないよ。だって、歩くんは女の子の涙が苦手なんでしょう？」

「泣きたいなら、我慢しなくてもいい。僕が女の子の涙が苦手なのは、どうしたらいいのかわからなかったからだ。でも、今はもう知っている。こうして抱きしめてあげればいいんだろう？」

「ううん。それでも、泣かない。約束したもの。どんな終わりだって、涙は見せないって。最後まで歩くんに笑顔のわたしを覚えていてほしいから」

ドクン、ドクン。

わたしは目を閉じ、わたしの全てを彼が歌うラブソングへ傾けた。チョコレートの味がした。人は一度、その甘さを知ってしまえばもう知らなかった頃に戻れない。

わたしは歩くんに恋を教えてもらった。

誰かを愛することの、喜び、辛さ、悲しみ、痛み、強さ、温もり。


――倖《さいわ》い。


一人で摑める〝幸い〟ではなく、誰かと寄り添うことでしか得られない、みんなのほんとうの〝倖い〟。

ジョバンニとカムパネルラが求めたもの。

「カップ麺、美味しかったね。コロッケも。フランス料理も。自販機の紅茶だって」

「六華はどんなものでも本当に美味しそうに食べるよね」

「花火は、すごく綺麗だった。光も音も、匂いも。全てが輝いていた」

青だけじゃなかった。

黄色だけでもない。

もちろん、赤だけでも。

無色透明な彼の隣で見た世界は、言葉で表せないくらいたくさんの色に満ちていた。

歩くんがくれた色。歩くんと見つけた色。

なんでもない毎日が、二人で過ごす時間が、色鮮やかに輝く宝物みたいに見えた。

「映画はどうだった？」

「すっごく好きになった。これから、たくさん見るよ。小説も読むね。好きな人の好きなものを好きになるって気持ちがいいね。すごくすごく気持ちがいい」

ドクン、ドクン。

「いくつの夜を越えたかな？」

「数えられる気もするけど、わざわざ数えないでいいよね？」

「もちろん。大切なことは数じゃないから」

「デートもたくさんしたなあ。クリスマスでしょう、お正月でしょう。東京にもいったし。歩くんが傍にいるだけで、世界はこんなにも綺麗だと思えるから不思議。君は魔法の人だね」

星は繋がり、星座の物語を奏でた。

月の下を歩いた。

二人、お互いの夜空を、宇宙を、世界を共有していた。

「六華って、本当に安上がり」

「そんなことないって。贅沢者だから」

「そう?」

「そうだよ。ね、また喧嘩もしたいね」

「嫌だ。僕は六華の笑った顔が一番好きだもの」

メールも電話も、本当はもっとたくさんしたかった。

初めて呼んでもらった時からずっと、彼が口にする〝六華〟の響きが好きだった。手を振るときちんと振り返してくれて、そんな些細なことにたまらなく嬉しくなった。読みかけの本に栞を挟むような、またね、の言葉に二人の未来《つづき》が待ちきれなくなった。

歩くんを想う時間の全てが、愛しかった。

笑顔、泣き顔、拗ねた顔、怒った顔。

思い出はたくさんあるけど、もっともっとと願ってしまう。特別な記憶じゃなくてもいいの。こうやって並んで雪を眺めてるだけでもいいの。二人でいられるだけでいいの。それだけで楽しいの。楽しかったの。

もちろん、困らせるだけだから言わないけど。

「最近、写真を撮ることが楽しくなってきたのね。とはいっても、スマホのカメラで撮影するだけなんだけど」

「ああ、そういえばたくさん送ってきてくれたね。花とか、夕焼けとか。水たまりに映った虹に、アスファルトを走る鳥たちの影。変わった形の石ころなんかもあったっけ」

「誰かに恋をすると、世界って見え方ががらりと変わるものなんだねえ。こんなにも綺麗なものがたくさんあるだなんて知らなかった。そして、それを誰かと共有することがこんなにも嬉しくて、楽しいことなんだってことも」

「翔はちょっとうんざりしてたけど。空の写真多すぎとかって、文句を言ってた」

「えー、そうなんだ。悪いことしちゃったかな」

「だけど、僕は嬉しかったな。六華の撮る写真、すごく好きだから」

「うん」

「六華がどんな風に世界を眺めているのか、どんなものが好きなのか。いつ心を揺らすのか。それを知れて、一緒の目線で隣を歩いているように思えて、楽しかった」

「歩くんに、誰よりも最初に教えてあげたかったの。この世界の一等綺麗なところを」

きっと、その感情につく名前が〝好き〟ってことなんだと思う。

お父さんとか、お母さんとか、若ちゃん。奈月ちゃんや翔くんたちのことももちろん大好きだけど、でも、みんなにはそんなこと思わない。

心が動いた時に真っ先に思い浮かぶのは、教えたいと思ってしまうのは、世界で一人。

春風歩くんだけがわたしの特別。

「好きな人って、世界を変えてくれる人のことをいうんだね」

「僕はなにかを変えられたんだろうか。六華になにかを残せた？」

「うん」

「だったら、いいな。そうであったなら嬉しいよ」

前にも似たようなことを言ったけどさ、六華と出会って未来を失うことが怖くなった、なんて歩くんは口にした。僕をこんなにも弱くしたあなたを恨んだ時もある、と。正直、今だって怖いしさ、とも。

声は少しだけ震えていた。

「だけど、同じくらい嬉しくもあるんだ。だって、そうだろう。ただ諦めるだけの無為な時間だったのに、僕はこんなにもこの時間を失いたくないって思ってる。六華は確かに僕の世界を変えてくれた。僕から諦めを奪い去り、代わりに恐怖や喜び、〝いちばんのさいわい〟を与えてくれた。『銀河鉄道の夜』に書いてあった通り。このいろいろの悲しみもみんな、〝いちばんのさいわい〟に至る為のおぼしめし。僕の〝いちばんのさいわい〟はだから、ここにある。いくつもの夜を渡り歩いた、長い旅の果てにようやく見つけた。二人だから見つけられた。僕とあなたの真ん中に、それはあった」

「同じことを、わたしも思ってた」

ドクン、ドクン。

「僕はいい恋人だっただろうか」

「わたしにはもったいなさすぎるくらいには」

「チョコ、美味しかったよ」

「今更？」

「才能あるんじゃない？　これからも作り続けてみたらどうだろう？」

「わたしが誰かの為に作ったら拗ねるくせに」

「まあね。だけど気にせず、いつかまた誰かに作ってあげるといい」

「気が向いたら、そうするよ」

「……ごめん。どうしてこんな意地悪な言い回ししかできないんだろうね。格好よく六華のこれからを応援できたらよかったんだけど、どうやら僕には無理みたいだ」

「まあまあ、そういうところも嫌いじゃないですから」

ドクン、ドクン。

「ありがとう。だけど、六華には幸せになってほしい。これは本音だから」

「十分、倖せだよ。倖せにしてもらった」

ドクン、ドクン。

「だったら、もう。本当になんにもないな」

ぎゅっ、とわたしを抱きしめてくれている腕の力が強くなった。

ドクン、ドクン。

「ありがとう。最後まで一緒にいてくれて。六華、僕はあなたを愛して――」

声が、ぷつりと途切れた。


――トクン。


ああ、見なくてもわかってしまう。

鼓動の音が変わってしまったから。

歩くんはもういない。この世界のどこにもいない。わたしの魔法の人はいなくなってしまった。知っていたはずの未来が現実となって、わたしの感情を呑み込んでいく。

抗《あらが》うことなんてできなかった。

「ん？　……って、おおい、六華。これ、どういう状況……」

さっきまでと同じ声。

なのに、全然、違って聞こえる。

「翔くん」

顔を上げず、わたしは震える声でその名前を呼んだ。きっと青色に包まれているであろう彼の姿が、透明な雫で滲んでしまうのに耐えられそうもなかった。

「大丈夫か？」

「もう……、いいかなあ」

「え？」

「もう、いいかなあ。翔くん。わたし、もう泣いてもいいかなあ」

最後の最後まで頑張れたよね。わたし、今日は一日笑えていたよね？　約束、守れたよね？　きっと、歩くんはわたしの笑顔だけを覚えていってくれたよね？　ごめん、これ以上は無理だ。本当に無理。

許してね。

返事も待たず、わたしは声を上げた。言葉は切れ、ボロボロの慟哭だけがそこにあった。悲しみが瞳に透明な膜を張り、音もなく破れて火傷しそうなほど強い熱に変わる。

「ああ……。ああ、あああっ。うあ、あああっ……」

翔くんはなにもせず、ただ胸だけを貸してくれた。頬に落ちた冷たい雪が、わたしの感情に触れ、熱を吸収し、形を保てず流れていく。

痛かった。痛かった。痛かった。

もっとずっと、一緒にいたかったよ。

「うう。うわあああ……。歩くん、歩くん。寂しい、寂しいよ。ああ。あああっ――」

制服に涙が染みて気持ち悪いはずなのに、翔くんは文句の一つも言わなかった。

「悪い、六華。俺はあんたの彼氏じゃないから抱きしめてやれない。涙を拭ってやれない。その資格がない。ごめん。ごめんなあ」

泣き続けるわたしの傍から彼は動けない。

ちっ、と耳元で舌打ちが弾けた。

「なあ、おい。兄貴。惚れた女を泣かせてんじゃねーよ。返事しろよ。あんたの女が泣いてるんだぞ。こいつの姉さんに頼まれたんだよ。泣かせないでくれって。ぶん殴ってやるから、出てこいよ。なあ、こいつを笑わせてやってくれよ。頼むよ。あんたにしかできないことだろ。世界中であんただけしか持ってない特権だろ」

兄貴、と翔くんの震える声もまたか細くなって冬に埋もれた。

雪の降る、静かな夜。

どれだけ叫んでも雪が全ての悲しみを灰色の中に隠してくれるから、わたしたちはいくらでも泣くことができた。夜の静けさは強固で、世界というのはあまりに強くて、一人の女の子がどれだけ泣いても喚《わめ》いてもビクともしなかった。

有り難くて、悲しかった。

わたしはそれからもしばらく泣き続けた。目が真っ赤になって、体が冷え切って、喉や頬や耳の先が痺れるように痛むまで、わんわん泣いた。

それほどまでに泣いたのに、涙が涸《か》れても尚、胸の痛みは治まらなかった。

こんな強い痛みを抱えながら、わたしは生きていかなくてはいけないんだね。

彼のいない明日を、どこまでもどこまでも。

呪いのようなその傷を、けれどもわたしはいつか受け入れるのだろう。だって、その痛みの深さこそが、わたしたちがこの世界で恋をしていたたった一つの証なんだから。

そして、わたしの中に生まれたこの空白はいつまでも彼の場所として残しておく。

これからも、一緒にいこうね。

泣けるくらい愛した人に出会えたことが倖せでした。

さよなら、歩くん。それから、ありがとう。

わたしは、ううん。わたしも君を愛しています。好きです。好きです。大好きです。

春風歩は、藤木六華にとって世界で一番大好きな男の子です。

そして、初めまして。

歩くんのいない世界。

二月十四日、二十二時五十四分。

無色透明な恋人は、目には見えないたくさんのものを残して雪のように消えた。

エピローグ　君の素顔

季節はあれから移ろい、彼のいない春を迎えた。新しい色や匂いが世界のあちこちに萌《も》ゆる。葉むらから溢れた陽光が、煌めく財宝を散らしたように眩い光のスポットを地面に落としている。

トン、と跳ねる。

スカートが膨らむ。

トン、とつま先から着地。

光の輪だけを選んで進んでいく。

伸びる影は一つだった。

でも、独りじゃないよね。

バレンタインからひと月が経った今日、わたしは歩くんの家へと向かっている。

ホワイトデーのお返しはなにがいい、そう言い出したのは翔くんだった。チョコは歩くんに用意したものだし、クリスマスのお返しでもあるし、そう何度も断ったのだけれど、律義な彼は頑なでちっとも受け入れてくれなかった。

そんなわけでいくらか考え、結局、心遣いに甘えさせてもらうことにした。

お願いしたいことが一つあったのだ。それを口にすると翔くんは拍子抜けという感じで唇を尖らせていたけれど、これ以上のお願いは、わたしにはちょっと思いつかない。

一人の男の子がいなくなっても、世界やわたしはなにも変わらなかった。

一日は二十四時間だし、ニュースでは政治家の汚職事件とかが流れてくるし、お腹は空くし、死色のクオリアは見えたままだし、わたしはやっぱりまだ彼に恋をしている。

恋といえば、若ちゃんだ。

彼女は突然大学を休学して、ギター片手に海外へ飛び出していった。日本は狭すぎるしいい男がいないから、世界を巡って探してくるんだそう。

さすが、わたしの自慢のお姉ちゃんなのだった。

最後に空港で見た若ちゃんはとても楽しそうで誰よりも濃い澄んだ青に包まれていたから、なにも心配していない。あの短くした髪が前と同じくらい伸びた頃、若ちゃんはまた別の誰かと恋をするだろう。

さよならのない、とびきり幸せなラブソングを歌うんだろう。

指定された住所に辿り着いて、チャイムを押した。

扉が開く前に、前髪をちょんちょんと整えておく。

ほんの少しだけ待っていると、扉が開いて、翔くんが出てきた。

「おう、迷わなかったか？」

「だったら、いいや。上がれよ」

「うん。お邪魔します」

オシャレでもなんでもない、日常の風景が目に入ってきた。

三和土には、男物の靴だけが乱雑に脱ぎ散らかされている。お母さんのものだろう、女物の靴はきっちり揃えられているのが、性格が表れているようで面白い。きっと、歩くんは靴を揃えたはずだ。彼はお母さん似で、翔くんはお父さん似なのかもしれない。

「こっち」

歩くたびにぎいぎい鳴く廊下を進んでいると、途中で四十代くらいの女性が顔を出した。わたしを捉えると、まあ、と優しそうな顔がキラキラとほころんだ。

前に歩くんを見た時の、うちのお母さんの表情にそっくりだった。

翔くんにはあまり似ていない。

「嘘、なに、彼女？　え、彼女なの？　ちょっと翔。やるわねー。可愛い子じゃない」

「そんなんじゃねーって。勘違いしてくれるな。こいつは……兄貴の彼女だ」

翔くんがなんでもない風に不意打ちでそんなことを言うものだから、鼻の奥がつんと痛む。ふう、と二人にバレないように息を吐いて傾いだ心のバランスを整える。

わたしはまだまだ泣き虫のままだ。

「大丈夫」

「歩の？」

「こんにちは。あの、ご挨拶が遅くなってしまい申し訳ありません」

「いいのよ、そんなこと。お名前はなんて言うの？」

「藤木六華と言います」

「そう。そうなのね。ね、六華ちゃん。時間がある時にでも、あの子との話を聞かせてくれない？　私も歩の子供の頃のとっておきのエピソードを披露しちゃうから」

「ええ、もちろん。楽しそうですね」

「うわー、兄貴嫌がりそう」

「あー、嬉しい。私、息子の恋人とお茶するのが夢だったのよ。それなのに、歩も翔もちっとも女の子を連れてこないんだもの。母親と違ってモテないのかって思ってたわ」

「普通、母親に紹介なんてしないだろ」

「そんなことは彼女の一人くらい作ってから言うのね」

「ああん？　やんのか、ババア」

「母親に向かってその口の聞き方は看過できないわ。表に出なさい」

「あのっ、歩くんも翔くんも、どちらもとてもモテると思いますよ。二人ともすっごく素敵な男の子なので」

思わず力説するように割って入ると、翔くんは毒気が抜かれたのかそっぽを向いて、おばさんは、あらあらと嬉しそうに笑みを深めていた。

「っち。おら、もういいだろ。いくぞ」

「あ、うん」

「じゃあ、六華ちゃん。またね。帰りに、あの子に手を合わせてあげて」

ひらひらと手を振るおばさんに会釈して、翔くんの後をついていく。階段をのぼって、一番手前の扉を彼が開ける。

そこが歩くんの部屋なんだろう。

空気の入れ替えの為か開け放たれていた窓から、風がふわりと入って通り過ぎていく。カーテンがはためいて、少ししてから落ち着いた。

春らしい麗《うら》らかな日が揺れている。

部屋は主がいなくなった今も、彼のことを忘れていないように思えた。どこか、わたしの知っている彼の〝感じ〟が残っている。本棚にぎっしり収められた小説の中には『銀河鉄道の夜』があったし、ラックにはカントクさんの部屋で見た映画のＤＶＤだって並べられていた。

今でも丁寧に掃除されていて、埃《ほこり》の一つも見つけられない。

「これが約束のブツだ」

きょろきょろと興味深く部屋を見回していると、翔くんが古いアルバムを手渡してきた。お礼を言って、受け取る。ずしりとして見かけよりずっと重かった。

歩くんの写真が見たいと、わたしは翔くんにお願いしていたのだ。

幻滅するかも、なんて歩くんは言っていたけれど、そんなことは絶対にないと断言できた。勉強机と椅子を借りて、早速、アルバムの一枚目を捲る。

そこには、翔くんとはあまり似ていない素朴そうな顔をした男の子がいた。イメージ通りの優しい目をしている。ああ、やっぱり彼はお母さん似だったか。

なにをしているのかはわからないけど、楽しそうに笑っていた。

パチン、と耳の奥で音がしたのはその時。

夜空に散りばめられた星たちが線で結ばれ一つの星座が現れるように、それまでバラバラだったパーツがわたしの中であるべきところに嵌まり、繋がり、一つの奇跡を浮かび上がらせた。あ、と思う。

それは、中学生の頃にわたしが見た夢の話。

二人の男の子が交通事故に遭った夜、顔も名前も知らない男の子と電車に揺られ、わたしは星の海を旅した。まるで『銀河鉄道の夜』のように。

次に、奈月ちゃんの言葉。

好きな人は夢に出てくるということ。

そして、カントクさんの撮った映画。

夢の中に出てくる人は、すでにどこかで出会ったことのある人。

最後に、歩くんの告白。

わたしたちは前に、会ったことがある。

ああ、そうか。わたしはもうずっと昔から、君に恋をしていたのかもしれない。彼と同じ一目ぼれ。わたしの初恋は、歩くんだったんだ。

「あははは」

笑ってしまう。いきなり笑い出したわたしを翔くんが不審がっていたけれど、構うもんか。こんなの、無理だ。我慢なんてできるはずがない。

「あははは」

ささやかな奇跡がひたすらに嬉しくって、愉快で、ちょっぴり寂しくて。

だけどやっぱり倖せで。

わたしはアルバムを手に笑い続けた。

そうして、ひとしきり笑い切って、お腹とか顎とかがとても痛くなって、痙攣して、死にそうになっているわたしに翔くんが尋ねてきた。

大好きなお兄さんを笑われたと勘違いしているのか、どこかむすっとしていた。

「おい、兄貴の顔はそんなに面白かったか？」

「ううん、違うの。そうじゃなくてね」

瞳の端に涙が溜まっていたけれど、これはいいよね。許してくれるよね。笑ってできた涙だもの。悲しい涙じゃないもの。

君だって、わたしと同じくらい笑っているしさ。

ねえ、歩くん。

彼の写真をそっと撫でながら答えた。

「わたしは、こっちの顔の方が好き」

途端に春の風が笑うように吹き、その言葉を空より高い場所まで攫《さら》っていった。どれだけ背伸びをしても触れられない銀河にだって、想いだけなら届くかもしれない。そこには星になった彼の輝きもあるかも、なんて。

わたしたちはきっと、これからも何度だって旅に出る。

それは素晴らしい旅になるだろう。

最後に一つ、彼がいなくなっても世界やわたしはなにも変わらなかったと、ついさっき口にしたばかりの言葉を訂正しなくてはいけないらしい。

確かに世界は変わらなかったけど、わたしは世界を愛しいと感じる瞬間が増えた。

歩くんがくれた、倖せ色のクオリアだ。

fin

〈引用文献〉

＊宮沢賢治『新編　銀河鉄道の夜』四十九刷、平成元年、新潮社

※156ページ2行目から11行目までの「　」で括《くく》った台詞《せりふ》は、右記216ページより本文を引用しています。

※156ページ13行目の「　」で括った台詞は、右記217ページより本文を引用しています。

※157ページ6行目の「　」で括った台詞は、右記219ページより本文を引用しています。

※157ページ8行目から12行目の「　」で括った台詞は、右記220ページより本文を引用しています。

※157ページ14行目の「　」で括った台詞は、右記221ページより本文を引用しています。

※226ページ4行目から10行目の「　」で括った台詞は、右記213ページより本文を引用しています。

※226ページ16行目から227ページ16行目の「　」で括った台詞は、右記216ページより本文を引用しています。

※258ページ7行目から13行目までの文章は、右記197ページから198ページより本文を引用しています。

※267ページ7行目から8行目の「　」で括った文章は、右記197ページより本文を引用しています。

※267ページ9行目の「　」で括った文章は、右記198ページより本文を引用しています。

あとがき

光と闇。コインの裏表。朝と夜。それらと同じように、どんな出会いにも別れが待っています。僕の人生にも、これまでたくさんの悲しい別れがありました。二十年以上の付き合いがあった幼馴染《おさななじみ》と些細なことで喧嘩別れをしたり、それぞれの生活が忙しくなって連絡を取らなくなった友がいたり、祖父や祖母を亡くしたり。恋した人と別れたりけれど、別離とはただ辛いだけのものなのでしょうか？

僕が生きていく中で見つけた一つの答えを、物語の最後に六華もまた胸に抱きます。泣けるくらい愛した人に出会えたことが倖せでした、と。

いつしか大人になり、〝別れ〟という事象をそんな気持ちで捉えられるようになった僕が書いた小説が、デビュー作である『Hello, Hello and Hello』です。主要人物や設定は全然違うのですが、物語のテーマや主人公二人の名前が〝春〟と〝雪〟に由来すること、セリフの言い回しのいくつかは、その作品が原点となります。ああ、そうだった。〝カントク〟だけは元々ハロハロ（略称）の登場人物です。彼の過去と未来はそちらで。

本作を気に入ってくださった方は、二つの物語を本棚に並べていただけると幸いです。

では、謝辞を。

表紙イラストを描いてくださったTamaki様。企画の立ち上げに尽力してくださった担当編集の舩津《ふなつ》様。企画を引き継ぎ、物語の面倒を最後まで見てくださった編集の八木《やぎ》様。デザイナー様、校閲様、編集部、営業部に書店員の方々。家族に友人、作家仲間のみんな。たくさんのご尽力により、葉月文《はづきあや》という作家が本来持っている力以上の魅力が詰まった一冊を、こうしてお届けできます。ありがとうございました。

でも最大の感謝は、この一冊を手に取り楽しんでくださった読者の皆様に。

小難しいことも書きましたが、この一冊はつまるところ〝出会いと別れ〟の物語です。死という絶対的な終わりを前にした人生の中で、一つの出会いを通じ誰かと想いを重ね〝あわせ〟ることができたなら、〝死色〟だって〝倖せ色《しあわせいろ》〟になるのではないか。

そんな誰もが手にできる〝みんなのほんとうのさいわい〟を探す物語です。

僕の書いた物語によってあなたの人生が少しでも〝倖せ色〟に輝くなら、これ以上嬉しいことはありません。顔を見たこともない、それでも大切なあなたの倖せを、同じ世界のどこかで僕は今日も祈っています。一冊の本を通じて想い想われることで、僕らはもう繋がっている。出会いという奇跡があるから、別れがあっても独りじゃない。

あなたの瞳にも、六華と同じ倖せ色のクオリアが満ちますように。

夏へ向かい始めた春の青空を見上げながら

葉月　文

＜初出＞
本書は書き下ろしです。

この物語はフィクションです。実在の人物・団体等とは一切関係ありません。

◇◇メディアワークス文庫

この世界《せかい》からまた君《きみ》がいなくなる夜《よる》に

葉月《はづき》 文《あや》

2022年7月25日　初版発行

発行者　青柳昌行
発行　株式会社**KADOKAWA**
〒102-8177　東京都千代田区富士見2-13-3
0570-002-301（ナビダイヤル）
装丁者　渡辺宏一（有限会社ニイナナニイゴオ）
印刷　株式会社暁印刷
製本　株式会社暁印刷

●お問い合わせ
https://www.kadokawa.co.jp/（「お問い合わせ」へお進みください）
※内容によっては、お答えできない場合があります。
※サポートは日本国内のみとさせていただきます。
※Japanese text only

※定価はカバーに表示してあります。

Printed in Japan
ISBN978-4-04-914545-8 C0193

メディアワークス文庫　https://mwbunko.com/

本書に対するご意見、ご感想をお寄せください。

あて先
〒102-8177　東京都千代田区富士見2-13-3
メディアワークス文庫編集部
「葉月 文先生」係

◇◇◇

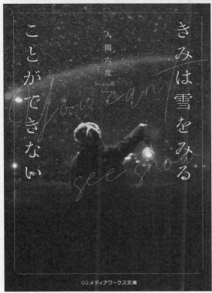

おもしろいこと、あなたから。

電撃大賞

自由奔放で刺激的。そんな作品を募集しています。受賞作品は「電撃文庫」「メディアワークス文庫」「電撃の新文芸」等からデビュー!

上遠野浩平(ブギーポップは笑わない)、
成田良悟(デュラララ!!)、支倉凍砂(狼と香辛料)、
有川 浩(図書館戦争)、川原 礫(ソードアート・オンライン)、
和ヶ原聡司(はたらく魔王さま!)、安里アサト(86―エイティシックス―)、
瘤久保慎司(錆喰いビスコ)、
佐野徹夜(君は月夜に光り輝く)、一条 岬(今夜、世界からこの恋が消えても)など、
常に時代の一線を疾るクリエイターを生み出してきた「電撃大賞」。
新時代を切り開く才能を毎年募集中!!!

電撃小説大賞・電撃イラスト大賞

賞(共通)

大賞……………正賞+副賞300万円
金賞……………正賞+副賞100万円
銀賞……………正賞+副賞50万円

(小説賞のみ)

メディアワークス文庫賞
正賞+副賞100万円

編集部から選評をお送りします!
小説部門、イラスト部門とも1次選考以上を通過した人全員に選評をお送りします!

各部門(小説、イラスト)WEBで受付中!
小説部門はカクヨムでも受付中!

最新情報や詳細は電撃大賞公式ホームページをご覧ください。

https://dengekitaisho.jp/

主催:株式会社KADOKAWA